宇宙の声

JN285274

星 新一

角川文庫
14285

宇宙の声　目次

宇宙の声

まぼろしの星

イラスト　片山　若子

宇宙の声

公園での事件

学校の帰りにハラ・ミノルとクニ・ハルコは公園に寄った。ふたりは同級でもあり、家もとなりどうしなので、特に仲よしだった。

どんなに科学が進んだ時代になっても、公園のながめは、むかしとあまり変らない。草花にチョウが飛び、噴水のそばでハトが遊んでいた。

ふたりは道を歩きながら話し合った。

「早く宇宙で活躍したいなあ」

「あたしもよ。星のあいだを飛びまわるの、すてきでしょうね」

いつも宇宙にあこがれる話になってしまう。ミノルのお父さんは宇宙船会社の技師で、ハルコのお父さんは天文学者。だから、ふつうの子供より、宇宙への関心が強かったのだ。

その時、公園の道をむこうから、ひとりの男が歩いてきた。がっしりしたからだで、目の鋭い男だ。ミノルは、どことなく変なところのある人だな、とは思ったが、そのままずれちがおうとした。そのとたん、ふたりは気を失ってしまった。

ミノルは目をさました。なぜ気を失ったのだろう。どれくらい、倒れていたのだろう。まず頭に浮かんだのは、この二つだった。しかし、ハルコも、そばに倒れているのを見て、考えるのをやめ、急いでゆり動かした。

「大丈夫かい」

「ええ……」

ハルコも目をあけた。おたがいにけがのなかったことを知り、ふたりはひとまず安心した。だが、あらためてあたりを見まわし、同じ言葉を叫んだ。

「ここはどこ……」

さっきの公園ではなかった。いままでに見たことも、空想したことさえない光景だった。暗い灰色の空がある。黄色い色をした、弱い光の大きな太陽が照っている。こんなことってあるだろうか。

地面は青っぽい色の砂だった。それは高く低く波のように、遠い地平線まで広がっている。空気がうすいせいか、息苦しかった。

ミノルは目をこすりながら言った。

「いやな夢を見ているようだ」

「地球上ではないようね。あたしたち、宇宙人にさらわれて、連れてこられたのかしら」

「だけど、こんな場所にさらってきて、どうしようというのだろう」

砂漠《さばく》には、建物ひとつ見えなかった。だれが、なんのために、ふたりを不意にここへ移したのだろう。その原因を考えようとしたが、まるでわからなかった。

「これから、どうしたらいいのかしら」

「まず、落ちついて方法を考えよう。あわててかけまわると、疲れるだけだ」

「むこうに見えるの、森じゃないかしら」

と、ハルコが指さして言った。十キロメートルほどむこうに、植物らしい緑色の森がある。

「ほんとだ。あれをめざして歩こう。植物が育っているのなら、水もあるはずだ」

「夜になって星が出たら、ここが地球から遠いのかどうかの見当がつくんだけど」

ハルコはお父さんから教わって、星座についてはくわしかった。

「たのむよ、そして、朝になったら森の木に登って遠くを見よう。少しでも役に立ちそうなものを、この星でさがそう。ふたりで力を合わせ、なんとかして地球へ帰るんだ」

「ええ、がんばるわ」

　ふたりははげましあって、歩きだそうとした。しかし、すぐ足を止めた。変な物音を聞き、地ひびきのようなものを感じたからだ。なにげなく振りむき、ふたりは驚いた。

　どこから出現したのか、大きな怪物が歩いてくる。古代の地球の恐竜のような形で、赤と黒のまざった、気持ちの悪い色をしていた。

　ハルコは小さな声で言った。

「ねえ、早く逃げましょう」

「だめだ、逃げても、すぐ追いつかれる。そうだ、横になって砂でからだをかくそう。それしか、方法はない」

　急いで身をふせ、手ですくって、青い砂をからだにかけ、怪物にみつからないようにした。しかし、ぶきみにほえる声も、地ひびきも、しだいに大きくなる。さらに近づいてきたらしい。

　叫び声をあげて走りだしたいが、そんなことをしたら終りだ。身動きをしてはいけないのだ。ひや汗が流れ、心臓がはげしく動く。

　地ひびきが止まった。いよいよ襲われるのだろうか。砂のなかでふるえているふたりに、どこからともなく声がひびいてきた。

「ハラ・ミノルくん。クニ・ハルコさん。もう大丈夫です。起きてください……」

これを聞いて、ミノルはハルコにそっとささやいた。

「声がしたようだけど、こわさで、ぼくの頭が変になったせいだろうか」

「あたしも聞いたわ。助けがきたのかしら。思いきって起きてみましょう」

おそるおそる首をあげたふたりは、またも信じられないような光景を見た。怪物も遠くの森もすべて消え、ここは明るいドーム状の部屋だった。そばには目の鋭い男が立っている。さっき公園で会った男だった。

「なにがどうなっているのか、ぼくにはさっぱりわからない」

ミノルが言うと男は笑いながら、

「きみたちを驚かして悪かった。しかし、試験のためにはしかたなかったのです」

「試験とはなんのことです。それより、ここはいったい、どこなのですか」

「ここは、公園の地下にある、宇宙研究所の一室だ。きみたちがいま見たのは、ドーム一面に、映写された映画だ。内部の空気の調節もでき、地ひびきも起こせる、特別じかけの映写室だったのだよ」

映画の怪物に驚かされたのだと知って、ハルコは文句を言った。

「なんで、こんなたちの悪いいたずらをしたの。ひどいわ」

「じつはいま、宇宙基地で、優秀な子供を求めているのだ。もちろん希望者はたくさんいるが、勇気があって落ちついた人でなければ役に立たない。これまで、この部屋でたくさんの子供たちを試験してきたが、みんな泣きだしたり、あわてふためいたりして、合格者はひとりも出なかった。きみたちふたりが、初の合格者だ。わたしは宇宙特別調査隊のキダ・マサオという者ですよ」

男は、身分証明書を出した。目が鋭いのは、宇宙で活躍しているためだったのか、と思いながらミノルは言った。

「合格すると、どうなるのですか」

「宇宙での仕事を手伝ってもらえるとありがたい。しかし、気が進まなければ、ことわってもいいし、それに、おうちの人の許しも必要だ」

ハルコは飛び上がって答えた。

「わあ、うれしい。あたしなんでもやるわ。うちでも賛成してくれるわよ」

ミノルも同じように答えた。ふたりの家は、いずれも宇宙の仕事には理解がある。

ふたりは顔を見合わせ、目を輝かした。あこがれていた宇宙で活躍できるのだ。夢のような気持ちだったが、これは夢でもなければ、さっきの怪物のように映画でもないのだ。

基地のおばけ

ここはベータ星。地面は黄色っぽく、ほうぼうにある草むらは、ピンク色で、地球とはまるでちがうながめだ。

ところどころに直径五百メートルぐらいのドームがある。地球人がここに作った宇宙基地なのだ。透明なプラスチックでできていて、内部の空気や温度はほどよく保たれ、なかではなんの不自由もなく生活ができる。ドームの上には、大きなパラボラ・アンテナがそびえている。

ミノルとハルコがキダに連れられて、ここへやってきてから十日ばかりたった。

「やっと、あこがれの宇宙基地へ来ることができたね。ハルコさん、地球がなつかしくならないかい」

と、ミノルが話しかけた。

「それはなつかしいわ。でも、ここも楽しいわよ。なにもかも珍しいんですもの」

「うん、ぼくもだ。だけど、早く仕事がしたいな。キダさんにたのんでみようよ」

ふたりはキダの部屋に行き、言った。

「ねえ、ぼくたちの任務はなんなのですか。早く命令してください。なんでもします」

「まあ、そうあわてることはないよ。しばらく、基地のようすを見学していなさい」

というキダの言葉に、ふたりは従った。基地のドームとドームとは地下道でつながっている。宇宙船の修理工場もあれば、植物の研究所もある。地下水をたくわえるタンクもあれば、鉱物の精錬所もある。それらを見物して毎日をすごしたのだ。

そして、ある夜のことだ。ミノルはベッドの上で飛び上がって叫んだ。

「わあ、おばけだ……」

少し離れたベッドでは、ハルコも同じように叫んでいた。ふたりの声があまりに大きかったので、それを耳にしたキダがかけつけてきて、電燈を明るくして言った。

「どうしたんだ。大声をあげて……」

「おばけが出たんですよ」

「しかし、どこにもいないじゃないか。どんなおばけを見たっていうんだい」

ミノルとハルコはかわるがわる答えた。

「丸くて赤くて、ふわふわ浮いていました。ゆがんだり丸くなったり、やわらかい風船のような感じでしたよ」

「それに、白い水玉もようがついていたわ。目や口でもなさそうだし、なにかしら……」

「そういえば、変な声も出していたよ。意味はわからないけど、高い声だった。しかし、どこへ消えてしまったんだろう……」

ふたりは、あたりを見まわしながら、口ぐちに言った。キダは腕を組んでうなずいていたが、聞き終ると、まじめな顔で言った。

「そうか、やっぱり出たか」

ふたりは、驚いた。ミノルは聞いてみた。

「わかっていたことなんですか。それなら教えておいてくれればいいのに。すっかりあわててしまいましたよ」

キダはその説明を始めた。

「そう簡単な問題ではないのだ。じつは少し前にも、そんなことを言い出した者があった。しかし、ほかの者がかけつけるとなにもない。基地内をくまなく調べたが、なにも発見できない。また、この惑星の生物なら、もっと以前に出現していたはずだ。幽霊としか呼びようのない感じだ」

ふたりはちょっとこわくなった。

「そんなことが、あったんですか……」

「そうなんだ。疲れやすい老人が見たのならまだしも、いちばん若くて元気で優秀な隊員だった。そのご何回もさわぐので、頭がおかしくなったのかと思い、わたしが地球へ連れて帰った」

「それから、どうなりましたか」

「地球でくわしく診察したが、頭はおかしくないのだ。そこでわたしは、もしかしたら、若い者だけに感じるなにかがあるのかもしれないと思った。きみたちに来てもらったのも、その解決に手をかしてもらいたかったからだ。しかし、あらかじめ説明したら、熱心さのあまり、なにかを見まちがえることもあると思って、だまっていたんだ」

「そうだったのですか」

ミノルにつづいてハルコも言った。

「でも、あの正体はなんなのかしら。見当もつかないわ。それに調べようにも、どこから手をつけたらいいのか……」

「大変な仕事だな」

ふたりは困ってしまった。命じられた任務が、おばけの調査だったとは。おばけが相手では、さがしまわることもできない。現われるのを待つほかに方法はない。

それからもときどき、ふたりは三回ほど夜中におばけを見た。白い水玉もようの、ぐにゃぐにゃした赤い玉が、変な声を出すのだ。そのたびに、ふたりはベッドから飛び上がる。

「また出たわ。あんまりこわい感じじゃないけど、正体がわからないのはいやね」

と、ハルコが言うと、ミノルもうなずいた。

「ああ、こっちに害は与えないようだ。しかし、変なおばけだな。電燈をつけると、あとかたもなく消えている。やはり、これは、夢のようなものじゃないかな」

「あたしもそう思うけど、夢にしては、はっきりしすぎているし、ふたりそろって同時に見るっていうのも変ね」

「その点だよ、そこがなぞなんだ」

ふたりが話し合っていると、キダがやってきて言った。

「どうだい、手がかりはつかめたかい」

「さっぱりです。いまは、現われた時刻の記録だけ。これだけでは……」

ミノルはメモを見せた。ハルコは自分の思いついたことを言った。

「あたし、星座に関係があるんじゃないかと思うんです」

「ハルコさんは、なんでも星座と結びつけてしまうんですよ」

と、ミノルは言ったが、キダは調べてみることにした。前に隊員が見た記録と、ミノルのメモとをコンピューターに入れたのだ。

ランプが明滅し、カチカチと音がし、コンピューターはやがて一枚のカードをはき出した。キダはそれを手に取ってながめていたが、驚きの声をあげた。

「これはふしぎだ。幽霊が出るのは、この基地のパラボラ・アンテナが、テリラ星の方角をむいている時と一致している……」

「その星から電波のようなものが出ていて、それが若い者の脳に作用し、あの変な夢を見させるのかもしれませんね。でも、それならもっと何度も見ていいはずだけど」

首をかしげるミノルにキダは言った。

「電波が出つづけているわけではないかもしれない。また、テリラ星の自転のためかもしれない。しかし、なんの信号だろう。風船のおばけでは、意味がわからない」

「どんな星なのですか……」

「少し遠いし、たいした星でもなさそうなので、調査に行った者は今までにいない。文明があるとも思えず、なんでこんな信号を送ってきたのか、ふしぎでならない」

「そのなぞをとく、いい方法がありますよ」

「ほう、どんなやりかただね」

「行ってみることですよ。ねえ、調べに行きましょうよ」

「うむ、しかし、それは基地の長官に相談してからだ」

三人はドーム越しに空を見上げた。星座のなかで、テリラ星がなぞをひめて光っていた。

プーボ

ミノルとハルコとキダは、基地の長官の部屋へ行き、これまでのことを報告した。長官はうなずきながら言った。

「なるほど、テリラ星からふしぎな電波が出ていて、それがここのアンテナにはいり、子供に変な夢を見させているというのだな」

「そうです、ぜひ調査に行かせてください」

キダがたのんだが、長官は首をふった。

「しかし、この基地では、ほかにも重大な仕事がたくさんある」

「そうかもしれませんが、これをほっぽっておいて、あとで手におえなくなったら大変です。早く調べたほうがいいと思います」

三人が熱心にたのむと、やがて長官は言った。

「よし、許可しよう。だが、その探検に基地の人員をまわすわけにはいかない。きみたち三人と、プーボとを行かせることにしよう」

そして、腕時計型の電話でプーボにここへ来るよう命じた。みながプーボとはどんな人かと待っていると、まもなくドアがあいた。はいってきたのはロボット、長官にあいさつをした。

「プーボです。お呼びでしょうか」

「ああ、この三人といっしょに、テリラ星への調査に出かけてくれ」

それを見てハルコが言った。

「あら、ロボットのことだったのね。でも、こんな新しい型のは、はじめて見るわ」

いままでのロボットのように、ゴツゴツした感じではなく、スマートだった。動きもすばやそうだ。長官は説明してくれた。

「そうだ、最新型なのだ。これまでは金属製ばかりだったが、これは特殊なプラスチックで作られている。プラボットと呼ぶ人もあるが、もっと簡単にしてプーボなのだ。

さあ、プーボ、空中に浮いてみせろ」

「はい」

と、プーボは答え、胸を大きくふくらませたかと思うと床から浮き上がった。ミノルは目を丸くし、長官に質問した。

「どんなしかけなのですか」

「体内で軽いガスを発生させたのだ。からだが軽いのでそれができる。しかし、丈夫なことや力の強いことは、金属製のよりはるかにまさっている。そのほか、いろいろなことができる。どんなことができるかは、本人から聞いてくれ。いままでのロボットの十台分の働きをするだろう」

「それは大助かりです。さあ、プーボくん、出かけよう」

と、キダが言った。

三人とプーボを乗せた宇宙船ベータ3号は基地を出発し、星々の輝く宇宙の旅をつづけた。ミノルとハルコは、すぐにプーボと仲よしになった。

「プーボくんのすぐれた力を見たいな。ねえ、なにかやってみてよ」

「なにをやりましょうか」

こう話し合っている時、警報のベルが鳴り、宇宙船内の電気がまたたき、光が弱くなった。操縦席でキダが大声をあげた。

「機械のようすが変だ。出発を急いで、点検が不充分だったためかもしれない。大変なことになった……」

修理をするには電源を切らねばならず、そうなると計器も止まってしまう。飛んでいる隕石《いんせき》をよけることができないため、事故が起きやすいのだ。

「それでしたら、わたしにおまかせください」

プーボは機械部分のふたをはずし、なかをのぞきこんでいたが、奥のほうに手を入れて、電線のよじれを簡単になおしてしまった。そして、とくいそうに言った。

「金属製でないため、高圧の電気や強い磁石にさわっても平気なのです。また、指先もしなやかなのです」

「なるほど、そうだね」

みなはほっとし、すっかり感心してしまった。

それから、プーボはミノルとハルコに、宇宙服のとりあつかい方法とか、非常食の食べ方などを教えてくれた。ミノルはふしぎそうに聞いた。

「そんなこと、プーボに不必要な知識だと思うけど、どうして知ってるんだい……」

「あなたがたに教えるためですよ。わたしは学校の先生もできるのです。さあ、よく勉強してください。ここでは、ずる休みはできませんよ」

「わあ、変なことになっちゃったわ……」

ハルコは笑い声をあげた。しかし、ふたりは時間表を作って、プーボにいろいろと教わることにした。ほかにすることもない宇宙船のなかだ。ぼんやりしていてもつまらない。

宇宙の旅がつづいた。ミノルとハルコはときどき、あの水玉もようのついた赤い玉の夢を見た。それは、しだいにはっきりし、基地で見た時のように、ゆがんでいなかった。テリラ星に近づいたため、途中の電波の乱れがなくなったのだろう。

こうして、宇宙船はテリラ星のそばまできた。

キダはみなに言った。

「まず、どこかに着陸し、地上のようすを調べることにしよう」

ベータ3号は注意をしながら高度を下げた。あたたかい星らしく、植物がよく育ち、森が多かった。そのため、着陸の場所をさがすのにひまがかかった。だが、やっと小さな平地をみつけ、そこへ着陸することができた。

「さあ、早く出てみましょうよ」

と、ミノルとハルコが叫んだ。人類がはじめて訪れた星だと思うと、興奮してしまうのだ。

窓から外をながめていると、森のなかから、なにかが立ちのぼった。よく見ると、それはたくさんの鳥だった。黒くて大きくて強そうな鳥だ。それを指さしてプーボが言った。

「外へ出るのはお待ちなさい。あの鳥たちが人間をどう迎えるか、まず、わたしが出て、ためしてみましょう」

そして、宇宙服を着て外へ出た。すると空を飛びまわっていた鳥たちが、いっせいにプーボめがけて襲いかかってきた。

一羽や二羽ははらいのけたが、こうたくさんでは、どうにもならない。

プーボは光線銃で十羽ほどうち落としたが、鳥の数は多かった。急降下し、鋭いくちばしで突きたてる。それがくりかえされると宇宙服に穴があき、ぼろぼろになってしまった。プーボは宇宙船に戻って報告した。

「わたしだから、よかったようなものですよ。気ちがいみたいに、むちゃくちゃな鳥が支配している星ですね」

その宇宙服を見て、みなはぞっとした。特殊プラスチック製のプーボだから助かったが、人間だったらやられてしまったところだ。

キダは顔をしかめて、腕を組んだ。

「こんな星に文明があるとは考えられない。なぞの電波を出しているのはどんな相手で、なんのためなのだろう。しかし、こんなありさまでは、調べるのにひと苦労だな」

その時、ハルコが悲鳴をあげた。

「あら、こっちにもむかってくるわ……」

鳥たちは窓のなかに動くものがいるのをみつけたのだ。宇宙船の窓をめがけて、急降下をはじめようとしていた。

夜の森

鳥はものすごい勢いで、宇宙船の窓ガラスにぶつかってきた。激しい音がひびいたが、丈夫なガラスは、割れなかった。

しかし、たえまなく突っつかれていると、そのうち、ひびが入るかもしれない。

「いい気持ちではないな。いちおう飛び立つとするか」

と、操縦席に入りかけるキダに、ハルコが言った。

「そうしたら調査ができないわ。もう少し、ようすを見ましょうよ」

そして、窓のカーテンを引いた。なかの人影が見えなくなったためか、もう鳥たちはぶつかってこなかった。カーテンのすきまからそっとのぞくと、鳥はそのへんを飛びまわり、木になっているヤシの実のようなものを突っつき、なかみを食べていた。くちばしはとても鋭いようだ。

みなは鳥の観察をしたり、着陸前にとった写真をもとに地図を作ったりした。やがて夕方になり、鳥たちは森に帰っていった。

「この星では、夜のほうが安全なようですよ。プーボに見まわってきてもらいましょう」

と、ミノルに言われたプーボは、外へ出て、近くをひとまわりして帰ってきた。そして報告した。

「鳥は眠っているし、ぶっそうな動物はいません。出ても大丈夫です」

キダとミノルとハルコは、それぞれ宇宙服をつけ、光線銃と小型ランプとを持って外へ出た。

空には小さい月が輝いていたが、森に入ると、その光もとどかない。みなはプーボを先頭に、一列になって奥へ進んでいった。とても静かだった。地面にはコケがはえていて、足音も立たないのだ。

木にはツタがからまり、白い花が咲いていた。ハルコはつみとりたかったが、それはやめた。はじめての星では、なにをするにも注意しなければならないのだ。ときどきランプの光にむかって、大きな虫が飛んでくるが、宇宙服を着ていれば心配ない。

みなは、だまって歩きつづけた。

その時、突然「ギャア」という鳴き声がし、ミノルの肩に、なにかが当った。ランプの光で、ねぼけた鳥が木から落ちてきたのだ。おそろしい鳥に襲いかかられたのかと思い、ミノルは飛び上がって驚いた。

そして、思いきりかけだした。ほかの者が呼び止めるひまもなかった。宇宙船に逃げ帰るつもりだったが、森のなかではよくわからない。とうとう、まいごになってしまった。

ミノルが疲れてすわりこむと、宇宙服についている通信機からキダの声が聞こえてきた。

「ミノルくん、どこにいるんだ……」

ミノルのまわりは限りなくつづく森だけだ。ミノルは心細い声で答えた。

「わかりません。それより、さっきの鳥はどうなりましたか」

「地面に落ちたまま眠っている。あわてることはなかったのだ。ミノルくんは、宇宙船の電波をたよりに戻ってくれ」

みなの腕時計には、特別な針がついている。針はつねに宇宙船の方角をさしていて、それについて進めば帰れるのだ。だが、ミノルは悲しそうに答えた。

「かけだした時、木にぶつけて、それがこわれてしまいました。ぼく、このまま、まいごになってしまうんでしょうか」

するとプーボが言った。

「わたしにはさがせます。いまの場所を動かず、歌を歌って待っていてください。その通信機からの電波をたよりにさがします」

キダとハルコは、プーボのあとについて歩きはじめた。途中、ハルコが小さな川に落ち、プーボに助けてもらったりした。

そのうち、木の根に腰をおろしてしょんぼりしているミノルを、やっとみつけることができた。

「よかったわね。一時はどうなることかと、とても心配だったわ」

と、ハルコはほっとして言った。

キダは時計を見て、あわてて言った。

「思わぬことで、時間がかかってしまった。まもなく夜が明けはじめる。それまでに宇宙船に帰れるかどうか……」

みなは大急ぎで歩いた。地球だと明るい朝になれば、こわい夢は消えてくれる。しかし、ここでは、朝になると、あの、おそるべき鳥たちがあばれはじめるのだ。

空が少し明るくなりかけてきた。プーボはこう言った。

「まにあわないかもしれません。近くに、かくれる場所があるかどうか、さがしてきます」

そして、からだをふくらませ、森の上に浮き上がってあたりを見まわし、戻ってきて報告した。「少し先に丘があり、そこにほら穴があります。そのなかにかくれましょう。さあ、急いでください」

みなはプーボの教えた方角に急いだ。しかし、空はさらに明るくなり、木の上で、はばたきをはじめた鳥もある。みつけられたらおしまいなのだ。ハルコは息をきらせて言った。

「まだなの」

「あと二百メートルぐらいです。ここからも見えるでしょう」

プーボは指さした。まばらになった森の木のむこうに岩の多い丘が見え、そこにほら穴があった。それにむかって足を早めたが、鳥たちは、つぎつぎに目をさました。

穴まであと百メートルぐらいになった時、ついに一羽の鳥が飛びかかってきた。キダは光線銃でうった。みごとに命中したが、その鳥の叫びで、ほかの鳥たちが気づき、つぎつぎに襲いかかってくる。どうしたらいいのだろう。

その時、プーボが言った。

「みなさん、ここはわたしにまかせて、穴までまっしぐらにかけていってください」

どうするつもりなのか、聞くひまはなかった。ミノルと、ハルコをせおったキダは、穴をめざしてかけだした。鳥たちは襲いかかってくる。

プーボは、自分の指を一本はずし、地面にむかって投げた。それは破裂し、黒い煙を出した。煙幕だった。あたりは夕方の暗さになり、鳥はまごついている。そのあいだに、やっと穴にたどりつけた。なかはうす暗く、鳥もそこまでは追ってこない。みなはほっとし、一時に出た疲れのため、眠くなってきた。プーボは言った。

「わたしが見張っています。ゆっくり眠ってください。どうせ夜までは出られません」

みなは倒れるように横になった。何時間か眠り、起き上がったハルコが言った。

「あたし、また、あの赤い玉の夢を見たわ。すごくはっきりしていたわ」

「うん、ぼくも見たよ」

と、ミノルもうなずいた。キダは、ほら穴の奥を指さして言った。

「とすると、このほら穴の奥に、なぞがひそんでいるのかもしれないな」

ほら穴での事件

ほら穴の奥を調べようときまった。プーボが先に立ち、みなはあとにつづいた。まっ暗で、上からぽつぽつと水がたれていた。なにが現われるかと、ランプの光で照らしながら、ゆっくりと進んだ。

穴はけっこう深かった。しばらくすると、道は二つに分かれていた。みなはひと休みした。

「どっちへ進むの……」

と、ミノルが言った。キダはプーボに言った。

「なにか、もの音は聞こえないか」

「いいえ、静かです。どっちへ行ったらいいのか、わたしにもわかりません」

ハルコは穴の奥に呼びかけた。

「ねえ、だれかいたら出てきてよ……」

しかし、声の反響だけで、答えはなかった。

「しかたがない。まず、右のほうへ進もう」

と、キダが歩きかけると、プーボが言った。

「待ってください。左のほうの奥から、なにか音がしはじめました。なぞがあるとしたら、こっちでしょう」

プーボについて進むと、奥からの変な音は、みなの耳にも聞こえてきた。うなり声のようだった。そして、想像もしなかったものが、姿を現わした。

みなは思わず足を止めた。青白く光っており、高さは二メートルぐらい。目も鼻も口もないのっぺらぼうだった。手もなく、足のほうはぼやけていた。ときどき、うなり声をあげる。気持ちの悪い叫びだ。それは、少しずつ近よってくる。

「だれだ。なにものだ……」

と、キダが呼びかけたが、もちろん答えない、キダは光線銃をかまえたが、うつのは止めた。危険な敵なのかどうか、まだわからないのだ。

「眠りガス弾を投げてみます。たいていの動物なら、しばらく動けなくなります」

と、プーボが言い、キダがうなずくと、また指を一本はずして投げた。みなは宇宙服を着ているので大丈夫だ。白い煙がたちこめたが、のっぺらぼうの怪物はひるまなかった。煙のなかを近よってくる。プーボは勢いよく飛びかかった。どんな相手でも、やっつけてしまうはずだった。しかし、そのままはねかえされてしまったのだ。プーボは、

「弾力がある手ごわい相手です。また、表面はつるつるで、つかまえようがなく、わたしの力は使えません」

怪物は進み、こっちはしりぞいた。キダは決心し、光線銃の引き金をひいた。目もくらむような光が発射され、命中すると高熱でとかしてしまうのだ。

だが、怪物は平気で進んでくる。ガスも高熱もだめなのだ。みなは退却し、穴の出口のそばまできてしまった。しかし、外には逃げられない。おそろしい鳥たちが待ちかまえているのだ。

夢に現われた赤い玉のなぞを追って、ここまできて、こんな目に会うとは、だれも考えてもみなかった。あの夢は、おびきよせて殺すためのワナだったのだろうか。

「どうしましょう……」

と、ハルコが言うと、キダは、みなをはげました。

「がんばれ、なんでもいいから戦うのだ」

キダは、拳銃を出してうった。プーボは煙幕を使った。ミノルとハルコは石を拾って、どんどん役げつけた。穴の外へおし出されたら終りなのだ。

どれくらいの時間がたったろうか。煙が散ったあとに、怪物は立ち止まっていた。もう進んでもこず、声もたてなかった。

ほっとして見つめていると、怪物は皮をぬいだ。かぶっていた外側をはずしたのだ。あまりのことに驚いていると、なかから、また思いがけぬものが現われた。

四本の細長い足があり、その上に直径五十センチぐらいの丸い玉がのっている。そして、それは水玉もようのある赤い玉だった。ミノルとハルコが何度も夢で見たのと同じだった。

プーボが近よって調べ、報告した。

「なにかの装置のようです。足は非常に弾力のある金属製です。かぶっていたものは、成分はわかりませんが、とてもなめらかです。すそのほうが黒いので、おばけとまちがえてしまいました。こうと知ったら、別なやり方でやっつければよかった」

物体は、おとなしくなっていた。それどころか、穴の奥へと戻りはじめたのだ。その動きには、あとへついてきなさい、という感じがあった。

みなはあとにつづいた。ここまできて、おじけづいてはいられない。赤い玉は四本

の細い足で進み、やがて止まった。

そこには、四角の細長い箱が置いてあった。なにが入っているのだろう。ガラスのはまった小さな窓があり、キダはなにげなくのぞいて「あっ」と声をあげた。ミノルとハルコものぞいてみた。

なかには人が横たわっており、身動きもしない。地球人に似ているが、そうではなかった。皮膚の色がみどりがかっており、かみの毛はピンクだった。

「死んでいるのでしょうか……」

「わからない」

話し合っているのにおかまいなく、赤い玉は足の一本を使い、箱の横についている、いくつものボタンを押した。

しばらくすると、なかの人は目を開き、動きはじめ、内側から箱をあけて出てきた。銀色のマントを着ていた。そして、なにか言った。だが、みなは驚きで声も出なかった。

相手はうなずいて、箱の中からメダルぐらいの大きさのものを出し、自分のひたいにはりつけた。

とたんに、みなにひとつの声が伝わってきた。

「わたしはオロ星人で、デギという名です。ある任務をおびて宇宙を旅行中、ここに不時着しました。やむをえず、冬眠状態になり、救援を待つことにしたのです。なによりもまず、この赤い玉がなにかをお知りになりたいようですね。これはわたしの番をし、救助信号の電波を出しつづける装置なのです。また、文明を持った生物がやってきたら、わたしを冬眠からめざめさせてくれるのです……」

ミノルとハルコは顔を見合わせた。あの夢は、この装置の出す電波のせいで、助けを求める意味の信号だったのか。それがやっとわかったのだ。しかし、われわれが文明の持ち主だと、どうしてわかったのだろう。それに答えるように、相手が言った。

「文明の持ち主は、いろいろな攻撃方法を持っています。つづけて四種類以上の攻撃をこの玉に加えると、戻ってきてわたしを起こすのです……」

変な装置だな、とミノルは思った。眠りガス弾、光線銃、拳銃、それに石で、四種類になる。しかし、やはり最後までがんばってみてよかったようだ。石を投げたのがきいたことになるんだもの。

オロ星人のデギは、身をのり出して言った。

「玉のことはこれくらいにして、わたしのことをお話しましょう」

オロ星の悲劇

キダは腕時計をのぞいて、オロ星人のデギに言った。

「こんな穴のなかでは、落ちついて話もできません。わたしたちの宇宙船においでください。外は夜で、あのぶっそうな鳥も眠った時間です」

「そうですね」

と、デギは冬眠箱の番を赤い玉にまかせ、みなといっしょに宇宙船に来た。そして、プーボの作った食事を食べ、あたりを見まわしながら言った。

「なかなかりっぱな宇宙船ですね。どこの星からいらっしゃったのですか……」

キダはあらましを説明した。自分たちは地球という星のもので、科学を高めて宇宙へ進出し、近くの星々に基地を作るまでに発展したことなどを話してから、

「……それよりも、オロ星の話を早く知りたいものです。さぞ文明が進んでいることでしょう。その、ひたいにつけるだけで、言葉が通じるようになる装置など、すばらしいではありませんか」

「あるいは、少しは進んでいる点があるかもしれません。しかし、いまや文明どころ

ではない、大変なことになりかけているのです。思いがけない不幸に襲われたのです」

「いったい、なにが起こったのですか」

と、ミノルとハルコは身をのり出した。

デギの話によると、こうであった。

オロ星も地球と似たような歴史をたどってきた。星の上でおたがいどうし争った時代もあったが、それを止め、力を合わせて宇宙へと進出しはじめたのだ。

オロ星人たちは、近くの星々に基地を作り、役に立つ鉱物など、多くのものを発見した。すべては順調に進んでいた。

また、珍しい植物もいくつか採集してきた。オロ星の学者のなかに、ちがった星々から集めた植物をかけあわせ、新しい品種を作る研究にとりかかった人があった。

学問的に面白い研究であり、それはついに成功した。しかし、とんでもない植物ができてしまったのだ。役に立たない雑草といった簡単なものではない。あらゆる植物の悪い点ばかりを、すべてそなえた植物なのだ。

見たところは大きなツタのようで、どんどん育ってのびていく。途中で、ちょん切っても、切られた部分が根をおろし、そのまま育つのだ。

大きな葉はネバネバした液を出していて、近よる動物をくっつけ、食べてしまう。

花は変なにおいを出し、それを吸うと頭がぼんやりしてしまう。

茎にはとげがあり、それで刺されると、毒のために死んでしまう。つるに巻きつかれてしめつけられると、丈夫なビルでさえこわされてしまう。なにしろ、大変な植物だった。

研究所は、たちまち破壊されてしまった。植物は育ちつづけ、広がり、近くの農作物も家畜もやられていった。人びとは、町を捨てて逃げなければならなかった。このままだと、オロ星はこの植物に占領され、あらゆる生物がほろんでしまうことになる。

もちろん、オロ星の人たちも、ぼんやりしてはいなかった。いろいろな方法で、この植物をやっつけようとした。しかし、高熱の火で焼きはらっても、地下に根が残っていて、ふたたびはえてくる。

そのうち、想像していた以上におそろしい相手であることがわかってきた。その植物には知能があるらしいのだ。

はじめのうちは火で焼きはらうことができたが、やがて、それがきかなくなった。おそらく、根で地中から金属成分をからだにとりいれ、高熱にたえられるような、茎

や葉になってしまったのだろう。

強い電波をあてると、植物は弱まり、枯れていった。しかし、まもなくそれもきかなくなり、植物は勢いをとり戻して、生長しつづけるのだ。

手のつけようがなく、とても防ぎきれない。ききめのある武器を作っても、植物はすぐそれにたえる性質に変化してしまうからだ。悪い心と、ずるい頭と、すごい力とを持った強敵なのだ。

しばらくすると、もっとひどいことになった。植物は、熱にも薬品にもおかされない種子を作り、タンポポのようなフワフワしたものをくっつけ、風にのせて飛ばしはじめたのだ。これでふえようというのだ。

オロ星の人びとは必死に戦ったが、勝ちめはなく、徐々に滅亡にむかっている。

オロ星人たちは相談し、大急ぎで海底に都市を作り、そこに逃げこんだ。しかし、その内部で、みなが生活できるような、大きな海底都市が、そうすぐに完成するわけがない。なかで冬眠状態になるのがやっとだった。

そして、一部の学者たちは、オロ星の月の基地へ移住した。そこで植物を退治する方法を研究しようというのだった。

海底都市には、警戒のため、冬眠していない係員が残っており、月の基地とは、無電で、連絡しあっている。

〈こちらは海底都市。植物を退治する研究の進みぐあいはどうですか〉

一日に一回は、このような通信が月へと送られてくる。しかし、月からの返事は悲しい文句なのだ。

〈まだ成功していない。みないっしょうけんめいに、やってはいるのだが……〉

〈早くお願いします。このままだと、オロ星人のすべては、永久に冬眠しつづけなければなりません〉

海底都市からはせかされるが、月での研究ははかどらず、植物はオロ星の地上をおおう一方だった。

そこで、月の基地の学者たちの何人かは、宇宙船に乗って、思い思いの方角にむけて、宇宙へと出発していった。文明の進んだ星の住民をさがし、その助けをかりようというのだ。

デギはこれらのことを、小型の映写機でうつして見せながら説明した。そして言った。

「というわけです。わたしはそのひとりで、宇宙を飛びつづけました。しかし、宇宙船が事故を起こし、この星に不時着してしまったのです」

キダはうなずいて言った。

「そうでしたか。それは大変なことですね。お気の毒なことが、よくわかりました」

「しかし、ほっとしました。地球人のみなさんと、こうして知りあいになれたのですから、ぜひ、わたしたちオロ星のために力をかしてください」

デギはうれしそうだった。しかし、ミノルもハルコも顔を見合わせた。とてもおそろしい植物のようだ。キダは言った。

「お役に立つことがあれば、もちろんお手伝いします。しかし、わたしたち地球人に、どんなことができるか、ちょっと自信がありません」

おそるべき植物

キダはベータ星の基地と無電で連絡し、いままでのことを報告した。なぞの電波はオロ星人のデギの救助信号であったこと、そのオロ星では、大変な事件が起こっていることを話してから、

「どうしましょう、なんとかしてあげたいものですが……」

と、聞いた。基地の長官は命令した。

「気の毒なことだが、どうしていいのか見当もつかない。そのオロ星へ行って、くわしく調べてみてくれ」

「はい、そうします」

みなは夜になるのを待ち、不時着したデギの宇宙船を見にいった。近くの谷間にあった。故障していて飛べないが、小型で、なかなかよくできていた。ミノルとハルコは、なかに入り、デギにいろいろと質問した。

「これはなんなの……」

「頭で考えたことが、すぐ文字となって記録される装置です」

「では、これは……」

「髪の毛をかってくれる装置です。こっちのは、水を使わずに、からだをきれいにする空気シャワーです」

「すごいな……」

と、みなが感心するなかで、プーボはつまらなそうに言った。

「便利な装置がたくさんできると、わたしなど、いらなくなってしまいますね」

それをデギがなぐさめた。

「そんなことはありません。このなかの必要なものを、あなた方の宇宙船に運ばなければならないのですよ」

「わたしにおまかせください」

プーボの働きで、その仕事はすぐにすんだ。プーボはそのほか、標本用にと、この星の鳥の卵を六つほど集めてきて積みこんだ。そして、宇宙船は出発した。

オロ星をめざす宇宙船のなかで、ミノルもハルコも、デギにいろいろなことを聞いた。デギは答えてくれたが、心配そうな顔つきをつづけていた。自分たちの星の運命が気になってならないのだろう。

そのうち、デギは操縦席のキダに言った。

「針路を少し右にとってください」

「なぜですか。それだと、遠まわりになってしまうでしょう」

「行きに遠くから観察しただけですが、よさそうな星があったのです。それをたしかめておきたいのです」

「そうですか。いいですとも」

宇宙船はその星をめざし、やがて近づいた。キダは上空からながめて言った。

「変な星ですね。海もあり、川も流れている。スペクトルで調べると酸素もある。そ

れなのに、草一つなく、生物はまったくいないようです。荒れはてて、さびしい景色です。なんで、こんな星に興味があるのですか……」

「もし、わたしたちがあのおそるべき植物に勝てなければ、どこかに移住しなければなりません。その場合を考えたのです。移住は大事業ですが、生きのびるためには、いざとなればしかたありません」

星の住民の全部が引っ越しをするのだ。そして、ここに第二のオロ星を作りあげる。さぞ、大変だろうな、とキダは思いながら言った。

「着陸してよく調べましょうか」

「いや、それより早く行きましょう。水と酸素のある星とわかればいいのです」

と、デギは答えた。

宇宙船はオロ星へと針路を変えた。

宇宙船は飛びつづけ、オロ星の月へと着陸した。空気はなく、岩ばかりだ。ドーム状の建物がいくつも並び、なかではオロ星の人々が、いそがしそうに働いている。

ドームから迎えに出てきた人にデギが言った。

「植物を退治する方法が見つかったか……」

「それが、まだなのだ。植物はふえつづけている。しかし、デギが協力者を連れて帰ってきてくれたので、ほっとしたよ」

デギは地球人と会ったいきさつを話し、みなを紹介した。キダはあいさつした。

「できるだけの協力はしますが、あまり期待されても困ります」

みなは、ドームのなかに入った。月の基地の人たちは、喜んで迎えてくれた。しかし、歓迎会などしているひまはない。だれも植物との戦いが第一なのだ。

基地には、オロ星にむけられた大きな望遠鏡がある。みなはそれをのぞいてみた。地上には、デギの話のとおりの、おそるべき光景があった。

むらさき色の葉をした植物が、各地にひろがっている。町にはだれも住んでいない。とがった塔や、丸い屋根や、美しい道路を持った町も、植物に侵入されてしまったのだ。

くだものの林は枯れ、畑にはなにも育っていない。かつて牧場だったらしい場所には、植物にやられた動物の骨が散らばっている。

川にかけられた橋にも、植物がからみついていた。それだけでなく、たくさんのつるが引っぱっているらしく、丈夫そうな橋がゆれていた。つるは鋼鉄のように強いらしい。

見つめていると、ついに橋はこわれ、水の中に沈んでいった。ミノルはデギに言った。

「あの植物は、なぜ橋をこわしたりするのでしょう?」

「どうやら、オロ星を自分だけのものにしたいらしいのです。つまり、自分以外のものは、すべて敵というわけなのでしょう。だから、おそろしいのです」

そばにいた基地の人が、説明を加えた。

「じつは、少し前に総攻撃をやってみたのです。ナイフ弾ともいうべきものを作り、たくさん発射しました。刃のついたままで、植物をずたずたにしようとしたのです」

「戦果はどうでしたか……」

「植物は弱りかけたが、すぐに勢いをとり戻しました。それどころか、ナイフと同じ成分、つまり鉄の製品に対して、あのように怒ってあばれるようになりました」

望遠鏡で別な場所をながめると、そこでは高いアンテナが引き倒されていた。この調子だと、コンクリート製の弾丸で攻撃すると、ビルをこわしはじめるかもしれない。

デギはなかまに聞いた。

「ほかの星々へむかった連中から、いいしらせはないのですか」

「あまり、たいしたことはありません。文明の低い星では、おたがいどうし戦っていて、協力してくれません。文明の高い星の住民には、芸術が好きで気が弱いのが多いようです」

「つまり、だめなのですか」

「いいえ、スロンという星にむかった者は、そこで冷凍砲をかりるのに成功したようです。まもなくとどくはずです」

ミノルとハルコは言った。

「それで退治できればいいですね」

オロ星の海の底では、住民たちが眠っているのだ。早く地上に出してあげたい。

一つの作戦

オロ星の月の基地では、地上にはびこりつづける、おそろしい植物をながめ、だれもが困りきっていた。キダやミノルたちも、どう手伝ったものか、いい考えが浮かばない。ただ、気の毒がったり、はげましたりするだけだった。

しかし、そのうち、スロン星へ行った宇宙船が戻ってきた。冷凍砲をかりてきたのだ。基地のなかは、急に元気づいた。帰ってきた人びとは報告した。

「スロン星ではとても同情され、たくさんの冷凍砲をかしてもらった。これは冷凍光線を出し、それが当ると、すべてのものは凍りついてしまう。ここで実験してみよう」

長さ二メートル、直径二十センチほどの筒状のものだった。それを見てハルコは、天体望遠鏡のようね、と思った。

こみいったしかけなのだろうが、使い方はやさしかった。引き金を引くと青白い光がほとばしり、命中すると、なんでも凍りついた。ながめていたひとりが言った。

「すごいものだな。これで植物を凍らせれば、生長が止まるにちがいない。しかし、いつまでも凍ったままではいないだろう。やがてはとけ、またあばれだすのではないかな」

「いや、そのための準備はあるのだ。このプラスチックの液ももらってきた。凍らせてから、これをかけるのだ」

そのプラスチックは熱をまったく伝えない性質を持っており、これをすぐ吹きつけてつつんでしまえば、ずっと凍ったままになるというのだった。

「なるほど、それならうまくいくかもしれない。さっそく攻撃にかかろう」

ようすがわかり、キダは申し出た。

「わたしたちの宇宙船にも、それを一台積んでください。攻撃に協力します」

「それはありがたい。お願いします」

それから、オロ星の地図をかこんで、作戦がねられた。キダの宇宙船には、デギがいっしょに乗ることになった。

オロ星人の宇宙船は、何台も月の基地を飛び立ち、地上へとむかった。冷凍砲での攻撃が、開始された。

キダは、宇宙船を操縦し、地面近くをゆっくり飛ばせた。いやな、むらさき色をした大きな葉の植物が、敵意をひめて、ゆっくりと動いている。つるに巻きつかれたら、たちまち、こわされてしまうのだ。

宇宙船から、デギが冷凍砲をうった。植物はたちまち動かなくなる。つぎに、プーボがプラスチック液を吹きつける。ミノルとハルコも熱心に手伝った。

作業は順調に進んだ。地上の植物は、みるみるうちに造花のようになってしまった。

「おりてみましょうよ」

と、ハルコが言い、キダは宇宙船を着陸させた。あたりは、奇妙な光景だった。だれもいないビルやこわれた橋に、動きを止めた植物が巻きついている。それらの表面は、吹きつけられたプラスチックのため、キラキラした感じになっていた。

静かななかで、ときどき、ポキポキいうするどい音がひびいた。凍ったために弾力がなくなり、植物のつるが折れる音だった。

その時、ミノルが悲鳴をあげた。

「助けて……」

みながあわててふりむくと、建物のなかから植物がのびて、ネバネバした葉でミノルをつかまえた。建物のなかまで、冷凍光線がとどかなかったのだ。デギは急いで冷凍砲をむけた。注意してねらい、植物を凍らせて動かなくした。

しかし、葉にくっついたミノルは、なかなかはなれない。ついに服をぬいで、やっと逃げだすことができた。それから、みなは建物のなかをよくさがし、植物を凍らせる作業をつづけた。

オロ星人たちも、それぞれ作業をすませ、月の基地へと戻ってきた。

「なんとか一段落したようだな。植物があばれなくなった」

「これで、ひと息つける。つぎは、あれをどうするかだ。利用価値のない氷の星へでも運び、捨てることにでもするか」

しかし、何日かすると、そう簡単にはいかないことがわかってきた。望遠鏡でながめると、地上では植物が息をふきかえし、また動きはじめたらしい。たしかめに行っ

た者の報告で、それははっきりした。凍って折れた部分から、芽を出しはじめたのだ。その部分にはプラスチック液がついていなかったためだ。

しかも、こうして生長をはじめた植物には、もう冷凍砲のききめがなかった。冷凍光線を反射してしまう表面を持っていたのだ。植物は、またも地上にはびこってきた。

「作戦は失敗だった……」

「まったく残念だ」

だれもがため息をついた。以前よりも、しまつにおえない性質を持った植物になったのだ。植物はプラスチックを敵の一味とさとったらしく、プラスチック製の建物をこわしはじめた。

「こうなると、わたしも安心できなくなりました」

と、プーボが言った。プーボはプラスチック製のロボットなのだ。

勢いをもりかえした植物は、そのうち、実《み》のようなものを作りはじめた。細長い形で、豆のさやを大きくしたような感じだった。それをつるの弾力を利用して、空へ投げ上げる。

ある高さになると、それはうしろからガスを吹き出す。そのため、けっこう高く上がるのだった。そして、地上に落下する。これを月の基地から望遠鏡でながめたひとりが言った。

「ふしぎなことがはじまった。なんのために、あんなことを、やっているのだろう。遊んでいるのだろうか……」

「いや、遊びをやるような、のんびりした植物ではない。きっと、なにか目的があるはずだ。どんな目的かはわからないが」

デギもそれを見ていたが、やがて、心配そうに言いかけて、途中でやめた。

「もしかすると、まさか……」

キダが聞き、気にしながら言った。

「なにを考えついたのですか」

「植物が投げ上げているもののなかにはタネが入っているのではないかと思ったのです。あの植物は、このオロ星を支配するだけでは満足しなくなったのかもしれません」

「しかし、そう簡単には成功しないでしょう」

「いや、あの植物のことだ。いつかはタネを宇宙に送りだすのに成功するでしょう。すでに、熱にも低温にもたえる性質を持っています。宇宙を流れ、やがては、ほかの星々にまでひろがることにならないともかぎりません」

「そうなったら、いつかは地球も……」

ミノルとハルコは青くなった。そうなったら、大変なことだ。

砂の星

オロ星の怪植物は、豆のさやのようなものを空へ投げ上げつづけている。そのひとつを、宇宙船が採集して戻ってきた。調べてみると心配していたとおり、やはり種子だった。その飛び方は、少しずつだが、しだいに高くなっていくようだ。

オロ星人たちは、困りきった顔で話し合った。

「このままだと、やがては大気の外へも飛び出し、宇宙を流れはじめるだろう」

「そして、ほかの星までだめにしてしまうのだ。それを見ながら、なんの手も打てない。くやしくてならないな」

植物退治の研究のほかに、宇宙へ流れ出るのを防ぐ研究もしなければならなくなった。だが、いずれもまだ名案が立っていない。

そばで聞いていたハルコが、突然言った。

「そうだわ、あれを使えばいいかもしれないわ……」

テリラ星のことを思い出したのだ。あそこでは大きな鳥が、かたい木の実を、飛びながらくちばしで突ついていた。それを利用したらどうだろう。

プーボも口を出した。

「その卵をいくつか持ってきています。かえしてみましょうか」

その案は実行に移された。オロ星人は卵を早くかえす装置、鳥を早く育てる薬品などを持っていた。そのため、すぐに大きくなった。また、育てながら、命令どおりにやるよう訓練をした。

やってみると、鳥たちはよく働いてくれた。空を舞いつづけていて、植物が種子を投げ上げると、飛びかかって、くちばしでうち落とすのだ。

夜になると、鳥たちは、海の船へ戻ってくるよう訓練されている。陸上で眠ると、植物にやられてしまうおそれがあるからだ。

「あのおそろしい鳥も、訓練によっては、ずいぶん役に立つものね」

と、ハルコは感心した。鳥の数をふやせば、種子が宇宙へ飛び出すのを、いちおうは防げそうだった。

そのため、キダやミノルたちは、テリラ星へ卵を集めに行くという仕事を引き受けることにした。

宇宙船には、こんどもデギが同乗することになった。途中にあった荒れはてた星を、もっとよく調べるためだった。万一の場合には、オロ星の人びとは、そこへ逃げなければならないのだ。

宇宙船は、オロ星の月の基地を出発し、まず荒れはてた星に立ち寄った。空気も水もありながら、生物がなにひとついない星というものは、なんとなく変な気持ちだ。きみが悪い。

みなは宇宙服を着て外へ出た。砂原だけが、はてしなくひろがっている。歩きはじめてしばらくすると、ミノルが叫んだ。

「なんでしょう。あのへんでキラリと光ったものがあった」

その方角に歩き、近よって拾い上げてみると、それは金貨だった。わけのわからない文字と、もようとがしるされてある。

みなはふしぎがった。地球のものでも、オロ星のものでもないのだ。この砂だけの星の上に、なぜ金貨が落ちているのだろう。別な宇宙人のものなのだろうか。

そのうち、金貨をながめていたプーボは、もようが、この星の陸地の形に似ているようだと言った。

「となると、この星で作られた金貨ということになる。しかし、どう見ても、文明はおろか、生物ひとつない星だが……」

と、デギが首をかしげると、キダは言った。

「あるいは、大むかしに、なにかが起こって、ほろびたのかもしれない。もっとくわしく調べてみることにしよう」

みなは注意ぶかく歩きまわった。そして、遺跡を発見することができた。石でできた大きな建物だが、風に運ばれた砂で、大部分がうずまっていた。なにげなく見ていたら、気がつかなかったかもしれない。

そのようすから、地球でいえばエジプト時代ていどの文明が、この星にかつて存在したらしいと思われた。

「それが、どうしてほろんじゃったのかしら。原爆戦をやったとは考えられないし、悪い病気でも、植物まで死ぬはずはないし……」

と、ハルコが言った。キダは入り口をみつけて、建物のなかに入り、その内側の壁を見て、みなを呼んだ。

「その手がかりになりそうなものがあるぞ。ここに絵が描《か》いてある……」

なかは静かで暗かった。だが、ライトをあて、その絵を、順を追って見ると、おおよそこんなことがわかった。むかし、この星に大変な害虫が発生したのだ。

カブトムシのような形だった。それがたくさんふえ、あらゆる植物を食い荒らしはじめたのだ。それと戦い、なんとかして防ごうとするが、虫のほうが強力だ。動物も死に、住民たちは食べ物がなくなり、しだいにほろんでいった。

この絵は、なんのために描かれたのだろう。

いつの日か訪れる、ほかの星の人への注意のためなのだろうか。ただ、悲しい最後を描いておきたかっただけのことなのだろうか。それは知りようがなかった。

虫は陸上ばかりでなく、ついには水中の海草までも食いつくし、このような、動くもの一つない星にしてしまったのだろう。

「かわいそうな事件ね。宇宙では、いろいろな悲しいことが起こっているのね」

と、ハルコが涙ぐんで言った。しかし、デギは、まったく別な言葉を口にした。

「わたしはその害虫を、なんとかして手に入れたい。あらゆる植物を食いつくし、このような砂だけの星に変えてしまった、すごい虫です。これなら、オロ星の怪植物をやっつけてくれるのではないかと思えるのです。わたしはこの星で、それをさがしたい」

「テリラ星で鳥の卵を集める仕事のほうは、簡単なことですから、わたしたちだけでやってもいいですよ」

「お願いします。そのあいだに、わたしはその虫の卵をみつけます。寒い地方の海岸の砂のなかあたりに、きっと残っているでしょう」

「では、食料品や必要な物を残していきましょう。ご成功を祈ります」

と、キダは言い、デギに別れをつげ、宇宙船を出発させた。

テリラ星で鳥の卵をたくさん集め、帰りに砂の星に寄ると、デギは大喜びしていた。そして、持っていたびんのなかの白い粒を見せた。

「とうとうみつけましたよ。これがそうです。たくさんあるでしょう。これをふやして使えば、さすがの怪植物も全滅してしまうでしょう」

「よかったですね、でも……」

と、ミノルは言った。

「植物をやっつけたはいいが、つぎには、手のつけようのない虫に、悩まされることになるんじゃないでしょうか」

　　　虫を調べる

砂の星でデギがみつけた虫の卵。それをながめて、キダやミノルやハルコは話し合った。

「ほんとうにすごい虫で、オロ星の植物よりも強いのだろうか……」

「そうだとしても、へたに使ったら、ここのように、砂だけの死の星にされてしまうかもしれないな」

しかし、いくら話してみてもわからないことだ。ひとまず、オロ星の月の基地へ帰ることにした。

出発の前に、みんなは宇宙船をよく洗った。卵をくっつけて持ち帰り、大さわぎのもとになったら困るからだ。月の基地では、人びとが待ちかねていた。植物が空に投げ上げる種子の数が、だんだん多くなってきている。うち落とすための鳥も、ふやさなければならないのだ。

だから、運んできた鳥の卵は、すぐにそのために使われた。宇宙へ進出しようとする植物と、あくまで防ごうとするオロ星人との戦いだ。それは休むことなくつづいている。

だが、このままでは、そのうち突破されてしまうことだろう。早いところ、植物を退治する方法をみつけなければならない。

会議が開かれた。そして、虫の性質をよく調べるため、砂の星に研究所を作るという方針がきまった。また、キダやミノルたちが、その仕事を引き受けることになった。

砂の星に小さな家が建てられた。みなはそこに住み、まわりにオロ星から運んできた、いろいろな植物の種子をまいた。

しかし、怪植物の種子は持ってこなかった。虫との力くらべをやらせてみたいのだが、ここでふえはじめたら、手のつけようがなくなるからだ。

いっぽう、虫の卵をかえしてみた。虫の力は考えていた以上にすごいものだった。大きなカブトムシのような形で、たちまちのうちに植物を食いつくしてしまう。

ある夜、寝ていたハルコはゴソゴソという音で目をさました。それから、あたりを見て大声をあげた。

「あら、大変よ。虫が入ってくるわ……」

戸のすきまから、つぎつぎに虫が入ってくる。わずかな時間で、たくさんにふえたらしい。

キダも叫んだ。

「あ、食べ物がやられている」

虫たちは、パンの粉や、ほしブドウなど、植物からとれた品をねらってやってきたのだ。さらに、紙でできたものまで食われかけていた。

人間は襲わないようだが、飛びつかれると、いい気持ちではない。ミノルは、そばにあった殺虫剤をまいてみたが、なんのききめもなかった。

プーボは、虫をつかんで外へ捨てようと、窓をあけた。そのとたん、かえって多くの虫が入ってきてしまった。みなは家から逃げだし、宇宙船へと避難した。

つぎの日に行ってみると、家の中はさんざんに荒らされていた。もめんのシーツまで、あとかたもなく食べられてしまっていた。この星のむかしの住民たちは、こうして生活ができなくなり、うえ死にしていったのだろう。

しかし宇宙船のなかには栄養剤が残っていたので、みなの食事は、なんとかなった。

「これからは毎日、栄養剤だけを食べることになるわけか。つまらないな」

と、ミノルがこぼした。

虫の強さと、ふえかたの早さとはよくわかった。つぎに知りたいのは、退治法だ、キダは、いろいろな殺虫剤を使ってみたが、どれもだめだった。

もっとも、絶対に死なないわけではない。寿命がくれば死ぬし、食べる植物がなくなれば死ぬ。しかし、あとにはたくさんの卵が残り、いつふえはじめるのかわからないのだ。

虫の卵は丈夫で、薬でも、熱でも、電波でも死なないのだった。虫が怪植物をやっつける力を持っていたとしても、これでは困る。キダは、虫の力だけを利用する方法はないかと、その研究をつづけた。

　虫の口から出る液体を集め、それを植物にふりかける実験もやってみた。しかし、すぐ使わないときめがなかった。ここからオロ星に運んでいくうちに、役に立たないものになってしまう。

　虫に放射線を当てたら性質が変るのではないかと思い、それもやってみた。しかし、虫は放射線を受けつけなかった。

　なにも成果があがらず、むだに何日かがすぎていった。

　そのうち、デギが宇宙船でやってきて言った。

「虫の研究はどうですか」

「それが、じつは、あまり進んでいないのです……」

　と、キダがいままでのことを説明した。ミノルはオロ星の植物のことを聞いた。

「怪植物のほうはどうですか」

「空へうちあげるタネの数が、ますますふえてきました。鳥の力ではまにあわない。前よりもずっと高く飛ぶようになり、大気の外へ出るのまで現われた……」

　と、デギは、ため息をついた。

「いまのところは宇宙船が見張り、小型ミサイルをぶつけてうち落としていますが、月の基地で作るミサイルより、タネのふえかたのほうが、ずっと早い」

「とすると、やがては突破されてしまうでしょうね」

「そうなのです。こうなったら虫を使う以外にないと、みなの意見がまとまりました。きょうは、それを伝えにきたのです」

「しかし、もう少し研究してからのほうがいいでしょう。この虫が怪植物に勝てたとしても、あとが大変ですよ。この星のように、砂だけになり、永久に植物が育たない。植物をうえても、すぐに卵がかえって、虫が食べてしまうからです」

と、キダが注意したが、デギははっきり言った。

「そのことも、みなは覚悟しています。いまは怪植物が問題なのです。このままだと、宇宙ぜんたいが迷惑します。しかし、虫のことはオロ星だけの問題ですみます」

オロ星の人たちは、ほかの星々のこともよく考えて、こう決心をしたのだった。

鳥の支配するテリラ星へでも、長い年月をかけて移住すれば、なんとか生きのびることもできる。そのため、早く虫をふやして運んできてもらいたいというのだ。

「しかし、そうはいっても……」

と、キダはどうしたものかと迷った。いまが重大な場合なのだ。

みなはデギも加えて、虫の力だけを利用し、あとに問題を残さないうまい方法はないかと考えた。時間をかけて研究すればできることかもしれない。だが、急がなければならないのだ。

みなが、だまったまま顔を見合わせているとき、突然、プーボが言いだした。

「ひとつ名案を思いつきましたよ……」

作戦開始

「いったい、名案て、どんなことだい。これだけ考えて、まだみつからないんだよ」

と、みなは驚いたような声で、いっせいに聞いた。プーボはもったいぶって答えた。

「つまりです、虫を働かせて、あとに面倒な問題を残さないようにすればいいわけでしょう」

「そうだよ、それを知りたいんだ。早く教えてくれよ」

「こうすればどうでしょう。虫の雄《おす》だけを選びだして、それを使うのです。雄は卵を産みません。だから、しばらくすると寿命がつきて死んでしまいます」

「ほんとだ……」

ミノルもハルコも感心した。こんなことになぜ気がつかなかったのだろうと、ちょっとくやしかった。キダはうなずきながら言った。

「うん、たしかにいい方法だ。しかし、それにはここで虫をふやし、雄だけを選んで運ぶという仕事をしなければならない。その時間が残されているかどうかだ……」

「基地へ連絡してみます」

と、デギが言い、オロ星の月の基地と、無電で話し、いまの考えを報告した。

返事はこうだった。ぜひその作戦を進めたい。基地で手のすいている人員や、あまっている資材は、すべてそちらに送る。全力をあげてその計画にとりくむように。

怪植物の種子は、宇宙をめざして飛び出そうとしつづけているが、あとしばらくは、なんとか食いとめることができるだろうとのことだった。

基地からの返事につづき、何台もの宇宙船が、砂の星へ到着した。力を合わせ、大急ぎで虫をふやそうというのだ。

ふやすのは簡単だった。植物性のものを与えさえすればいい。虫たちはそれを食べながら、どんどんふえてゆく。

この星のむかしの住民たちは、なんとかして虫をへらそうと苦心し、それができずにほろんでいった。しかし、いまはその反対のことをやっているのだ。そう考えると、なんだか、妙な気分だった。

虫は、たちまち数えきれぬほどになり、重なりあってあたりをはいまわっている。それをながめて、ハルコはミノルに言った。

「かわいいところがなく、美しい声も出さず、気持ちが悪いわね」

「だけど、そんなことを気にしている場合じゃないよ」

面倒なのは、雄を選ぶ仕事だった。たとえ一匹でも、雌《めす》がまざっていてはいけないのだ。雌がまぎれこんだら、オロ星は永久に、ここと同じく砂だけの星になってしまう。

しかし、そのうちに、昆虫学者と機械技師との協力で、雄と雌とをよりわける装置が作られた。おかげで、そのスピードは早くなった。

えさのつづくかぎり虫をふやそうと、みなは、その作業に熱中した。

いっぽう、オロ星の月の基地では、別な用意が進められていた。虫が怪植物に勝ってくれた場合でも、オロ星の地上は一回は丸坊主になってしまう。すべての植物が、食べつくされるおそれがあるのだ。

あとでまた植物をふやすために、種子を集めて、とっておかなくてはならない。また役に立つ動物や虫も、安全なところで冬眠させておかなくてはならない。

人びとはまだ怪植物にやられていない地方に着陸し、その作業を進めた。なかには、こんなことを話し合っていた者もあった。

「地球人のキダから聞いたのだが、地球にはノアの箱船という伝説があるそうだ。大水で世界がめちゃめちゃになるが、船に乗せておいた動物たちが生き残り、人間とともに、ふたたび新しい時代が栄えたという物語だよ」

「いまの仕事もそれと似ているな。害虫だの雑草は、ちょうどいいから、ほっぽっとくとするかな」


実行の時は迫ってきた。

砂の星では、虫がずいぶんふえた。もっとふやしたいのだが、ぐずぐずしてはいられない。宇宙へ飛び出そうとする怪植物の種子が、さらに数をましたのだ。もう、これ以上は待てなくなった。

先頭の宇宙船には、キダやミノルたちが乗っていた。やりそこなったら、いずれは雄の虫だけを積みこんだ宇宙船が、つぎつぎと出発した。これが成功するかどうかにオロ星の運命がかかっているのだ。いや、宇宙の運命がかかっているともいえる。

地球も怪植物にやられるのかと思うと、心配で落ちつかなかった。

宇宙船はオロ星の陸の上を低く飛び、虫をばらまいた。虫は大粒の雨のように散り、

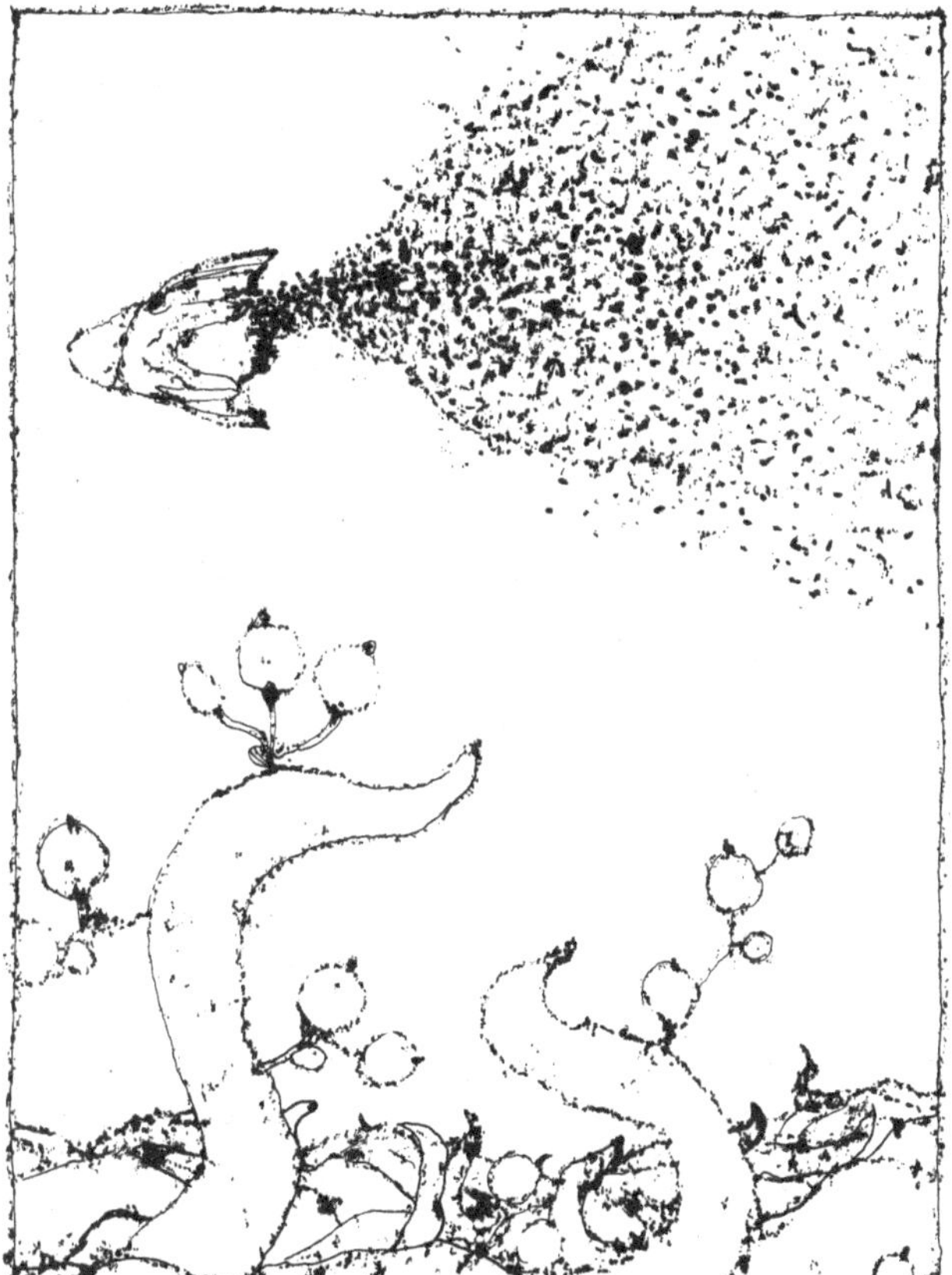

勢いよく植物に飛びつき、手あたりしだいに食べはじめた。なにも残らない、砂だけの地面がふえてゆく。

虫のなかには、問題の怪植物に飛びついたのもあるはずだ。さあ、どうなるだろう。キダやミノル、ハルコ、プーボは宇宙船からヘリコプターに乗りかえ、それを調べるために、地上へさらに近づいた。なかから望遠鏡で見つめた。だが、怪植物は、ほかの草や木のように、あっさりとは食べられてしまわない。

虫のほうも手ごわい相手だと気がついたようだ。なかまと連絡しあったらしく、どの虫も怪植物めがけて集まった。この強敵をやっつけておかないと、あとがうるさいと感じたのだろう。

月の基地からは、いらいらしたような声で、ヘリコプターに無電で聞いてきた。

「どうだ、ようすは……」

「まだわかりません。なにしろ、いままで無敵だった植物と、どんな植物も食べつくしてきた虫との戦いなのですから」

「虫は勝ちそうか」

「虫は力を合わせて、怪植物にむかっています。植物も苦しいようです。タネを作って宇宙へ投げ上げるどころではないようです……」

　キダはいちいち報告した。月の基地では、だれもが成功を祈りながら聞いていることだろう。基地からは、また質問してきた。

「飛び出してくるタネは、めっきり少なくなった。地上ではうまくいっているのか」

「いや、なんともいえません。植物のほうは、虫を退治しようと、ネバネバした液を出しはじめました。それがくっつくと、虫の動きが弱まるようです」

「はっきりいって、どうなりそうだ」

「わかりません。虫のほうも、同じように液体を口から出しています。植物の液の作用を、やわらげるためのようです。しかし、正直なところ、虫のほうが、少し押されぎみのように見えますね……」

「それは困ったな」

　月の基地ではがっかりしたらしく、ため息のまざった声が伝わってきた。ミノルたちもそうだった。もし、この作戦が失敗に終ったら……。

勝利の日

オロ星の地上では、怪植物と虫たちの戦いがくりひろげられた。それはなかなか勝負がつかず、何日もつづいた。

おたがいに相手をやっつけようと、ネバネバした液を出している。怪植物は種子を作って宇宙へ飛ばすのをやめ、虫をやっつけるのに熱中している。虫たちもぜがひでも食いつぶそうとしている。

しかし、やがて虫たちのほうが負けそうになってきた。だんだん動きがにぶくなる。虫をもっとたくさん使えばよかったのかもしれないが、いまからではまにあわない。

ヘリコプターのなかからようすを見ているキダやミノルたちは、気が気でなかった。虫が負けたら、もう方法はないのだ。

「虫勝て、植物負けろ」

と、祈ったり、叫んだりした。だが、声で応援しても、なんの役にも立たない。

ミノルはそばにあった光線銃を手にし、植物にねらいをつけた。プーボが止めた。

「そんなことしても、だめです。光線銃のききめのないことは、わかってるはずで

す」

「だけど、なにかをしなければ、いられない気持ちなんだ」

と、ミノルは引き金をひいた。高熱の光線がほとばしった。

そのとき、思いがけないことが起こった。命中したところで爆発が起こったのだ。植物と虫とが死にものぐるいになって出した液。それがまざりあって、きわめて爆発しやすいものになっていたらしい。

爆発は一部分だけではなかった。葉からつるへと爆発はつづき、一つの怪植物はこなごなになった。また、その飛び散った熱で、ほかの怪植物もつぎつぎに爆発していった。

時間があれば、植物も爆発しないように、自分の性質を変えたにちがいない。しかし、あまりに突然だったのだ。

「あぶない……」

と、キダが言い、ヘリコプターを上昇させた。爆発の風で機体がゆれたのだ。それに、うかうかしていると、こっちまで火が移ってくるかもしれない。

「すごいながめね」

と、ハルコが言った。高くあがって見おろすと、爆発がどんどん広がっていくのがわかった。赤く輝く火を散らし、外側へ外側へと広がっていくのだ。

夜になると、限りない数の花火を上げているようで、雄大な美しさだった。それは月の基地にいる人たちも見ることができた。

キダはヘリコプターを飛ばし、各地で光線銃を使った。こうすれば、怪植物の全滅も早くなるはずだからだ。

しかし、爆発しつくしてしまうには、けっこう時間がかかった。いちおうおさまってから、みなは着陸し、ようすを調べるために外へ出た。

手ごわかった怪植物も、いまは灰になって、あとかたもない。

「みんなこなごなになっちゃったようね。いいきみだわ」

と、ハルコが言った。プーボはくわしく調べてから報告した。

「地面の中の根まで、こなごなです。もう大丈夫でしょう」

「そうとは言いきれない。まだタネがどこかに残っているかもしれない。早くその問題にとりかかろう」

と、キダは言った。種子が残っていると、植物はまた息を吹きかえし、こんどこそとりかえしのつかないことになる。

キダは無電で月の基地に連絡した。

「怪植物は全滅しました。しかし、タネさがしをしなければなりません。そのために、あらゆる人と資材とを使ってください」

もし残った種子をみつけたら、すばやく入れ物にとじこめる。栄養物がなければ生長しないのだ。これを急いでやらなければならない。

その作業がはじめられた。手わけをして地上をくわしく調べたが、種子は残っていないようだった。虫との戦いがはじまってから、植物は種子を作るどころではなくなっていたのだろう。それまでの種子は、すでに植物に生長していたのだ。

それでも、しばらくは心配だった。どこかにひとつでも残っていると大変なのだ。

しかし、何日かすぎても、怪植物はどこからも育ってこなかった。

「やれやれ、やっと終ったようだ」

「なんという、長い苦しい戦いだったろう。まだ終ったと信じられない気分だ」

オロ星人たちは、キダやミノルたちと顔を見合わせ、大きくため息をついた。だれも疲れきっており、倒れる寸前だった。もう少し長びいたら、どうなっていたかわからない。

怪植物は爆発ですっかりほろんだが、虫はまだいくらか残っていた。そして、ほかの植物を食べつづけている。

しかし、虫は、もはやふえず、しだいに数がへってゆき、そのうちに、まったくいなくなった。雌の虫がまざっていなかったので、卵が残らなかったのだ。

テリラ星からつれてきた強く大きな鳥たちは、あいかわらず飛んでいた。だが、なれているのでおとなしい。種子をうち落とす仕事がなくなり、そのうち力を持てあましてあばれはじめるかもしれないが、退治できない強敵ではない。

残る問題は、砂の星にいる虫たちだ。しかし、よそへ広がる心配はない。注意をしながら研究すれば、退治法をみつけることができるだろう。

なにもかも一段落だった。しかし、ひと休みするわけにはいかない。やることはたくさんある。

まず、海底の都市に連絡した。そこでは、大ぜいのオロ星人たちが、不安な夢を見ながら冬眠しつづけているのだ。

「われわれは勝った。もう安心です」

しらせを受けて、人びとは長い眠りからめざめ、つぎつぎに地上へ戻ってきた。その人たちは、手のつけようもなく強かったあの怪植物が、すっかりほろんでいるのを見て、ほっとした。

もちろん、地上はずいぶん荒れはてている。建物や橋はこわれ、畑や牧場もめちゃめちゃだ。しかし、力を合わせて努力すれば、やがては、むかし以上に栄えることができるのだ。

それに、むかしとちがって、科学を利用したり、宇宙に進出する時には、よく注意しなければならないことが、身にしみてわかっている。もう、かるがるしいあやまちは、二度と起こさないだろう。

人びとは、冬眠中に行なわれた、植物を退治する戦いの苦心を聞き、キダやミノル、ハルコやプーボたちの手伝いを知り、心からお礼を言った。それから、みなで、

「ばんざい」

をとなえた。それは大きく明るく力強く、宇宙のはてまでとどくかと思われる声だった。

まぼろしの星

歌うハト

モリ・ノブオは少年だった。日曜日には犬のペロをつれて公園へやってくる。そこで午後をすごすのだった。

ふつうの子供なら、お父さんといっしょに遊ぶだろう。この公園にも親子連れの人が、たくさんきている。しかし、ノブオのお父さんは、半年ほど前から地球を留守にしているのだ。ガンマ星にある宇宙基地へ仕事で出かけ、あと三ヵ月ぐらいしないと帰ってこない。

お母さんも、一日じゅうノブオの遊び相手になってはくれない。しかたがないので、学校の休みの日には、ペロと公園へきてしまうのだ。

公園には、たくさんのハトがいる。ノブオはベンチに腰かけ、ぼんやりながめていた。

その時、どこからともなく、小さな歌声がした。人と話でもしていたら、聞きのがしてしまうところだ。

「ぼくはハトだよ、ハトポッポ、青いお空を飛んでゆく……」

だれが歌っているのかと、ノブオは、あたりを見まわした。しかし、近くには、それらしい人もいない。歌声は、ハトのむれのなかから聞こえてくるようだった。

「ハトが歌っているのかな……」

注意してよく見ると、ほんとうにそうだった。ほかのハトは、ポウポウとかクウクウとか鳴いているのだが、なかで一羽だけ、歌いながらそれにあわせて首を振っているのがいた。ノブオは驚き、あまりのふしぎさに声を出した。

「おい、ペロ。歌っているハトがいるぞ」

しかし、それは言わないほうがよかった。ペロは、むくむくした感じの小さな犬で、とてもかわいいのだが、すぐにほえたがるのだ。

ペロはハトのむれにむかって、勢いよくワンとほえた。ハトたちは、いっせいに飛び立ち、空に舞い上がってしまったのだ。そっと近づけば、つかまえることが、できたかもしれないのに。だが、ノブオは歌うハトから目をはなさなかった。そのハトは、ほかのにくらべ、飛び方もどこか変っている。

ずっと見つめていると、そのハトは一羽だけなかまから離れ、少しむこうにある高いビルの、三十階の窓のひとつに飛びこんでいった。これは、どういうことなのだろ

う。

「変だな、いまのハト。よし、なぞをつきとめてやろう」

ノブオはペロを連れて、そのビルへと歩いていった。ペロは小さいので、だいていれば受付けの人も文句をいわない。エレベーターに乗り、三十階でおりた。

ドアを数えながら、ろうかを歩く。外から見て、おぼえておいた窓の部屋は、はじから十番目だ。

胸がドキドキする。

「いいか、ペロ。ここで待っているんだぞ」

それからノブオはベルを押した。このなかへ入ると、あの歌うハトの秘密がわかるはずだ。まもなく、ドアがゆっくりと開いた。なんだかこわいような気もしたが、ここで帰るのもしゃくだ。部屋のなかは暗く、一歩入ると、変なにおいがした。

「ふしぎなところだなあ……」

ノブオがつぶやくと、うしろでドアが音をたててしまった。

ノブオがはっと思ったとたん、そこでは信じられないようなことが起こっていた。あたりは宇宙だったのだ。たしかに、いまドアから部屋のなかへ入ったはずだ。しかし、理屈ぬきで、ここは宇宙のただなかなのだ。上も下もない、はてしない宇宙なのだ。どこを見ても、数えきれぬ星が、光っている。白、赤、青、さまざまに光っている。振りむいても、そこにはドアもない。やはり遠くまで星が散ってしまっている。そして、自分のからだは無重力となって、そのなかにポツンと浮いているのだ。

「なぜ、こんなことになったのだろう……」

ノブオは考えようとしたが、頭のなかがめちゃくちゃになったようで、さっぱりわからない。また、考えるひまもなかった。

その暗い宇宙のなかに、どこからともなく、銀色にぼんやりと光る変なものが現われたのだ。いつか水族館で見たクラゲのような感じだが、とても大きい。象ぐらいある。それが、ゆらゆらと動き、たくさんの足をふるわせながら、こっちへやってくる。ノブオは、逃げようとして手足を動かしてみたが、だめだった。地面の上ならかけだすこともできるのだが、無重力だと、そうもいかないのだ。

「ぼくはなにもしないよ、仲よくしよう」

呼びかけてみたが、相手には、通じない。おばけクラゲは、すぐそばまできた。ノブオは決心した。あくまで戦ってやろう。むざむざやられてたまるものか。さあ、こい……。

にらみつけていると、クラゲの足の一本がのびてきて、からだにさわった。べっとりとしてつめたく、ぞっとするようないやな感じだった。だが、ノブオはそれにかみついた。

しかし、相手は、たくさんの足を持っている。一本にかみついただけではこたえない。ほかの足も、つぎつぎとノブオにからみついてきた。

「やい、離せ」

もがいてもだめだし、ますます動けなくなる。ノブオは苦しがっているうちに、いつか気を失った……。


気がついてみると、ノブオは長椅子《ながいす》の上に横になっていた。そばで声がした。

「目がさめたようだね。どうだい、気分は……」

顔をあげてみると、そばには五十歳ぐらいの男がいた。髪の毛にちょっとしらがのある、学者のような感じの人だ。そのそばには二十歳ぐらいの女の人が立っていた。やはり頭のよさそうな人だ。また、ふたりとも宇宙で働く人の制服を着ている。部屋のなかには、机があり、椅子があり、壁にはコンピューターがあった。宇宙や怪物はどこにもいない。ノブオは起き上がって言った。

「ペロはどこです。ぼくのペロは……」

「ああ、犬のことね。心配ないわよ。ほら、ここにいるわよ」

女の人は床からペロをだきあげ、渡してくれた。たしかにペロだ。

「いったい、ここはどこなんです。ぼくはどうしたんですか」

こんどは男の人が答えてくれた。

「ここは、きみが入った部屋の、となりの部屋なんだよ」

窓の外を見ると、ハトのいた公園が下のほうに見えた。しかし、わからないことだらけだ。

「だけど、さっきドアを入ったら、そこには宇宙があったんですよ。ほんとうなんです。そこでクラゲのようなやつと戦って……」

「わかっているよ。さぞ驚いただろう。あれはみんな薬の作用だったのだよ。部屋の空気のなかに薬がまぜてあり、それを吸うと、すぐ無重力の宇宙にいる夢を見る。また、クラゲ怪物と戦う夢もだ……」

ノブオは、変なにおいを吸いこんだことを思い出した。あれが、その薬のにおいだったのか。そういえば、真空の宇宙で声を出せたのもふしぎだった。でも、びっくりしたなあ。

「だけど、なんでそんなことをしたのです。そうとわかっていれば、もっと楽しめたのに。それから、歌うハトは、なにか関係があるのですか」

なにもかも、ふしぎなことばかりだ。男の人はまじめな顔になって話しはじめた。

「わたしは、ガンマ星の基地の副所長のフジタです。ある事情で、基地で人をふやさなければならなくなった。しかし、宇宙はきびしいところだ。遊び半分の人間では、なんの役にも立たない。そこで、ひそかに試験をしてから採用する方針をたてた」

そのあと女の人が言った。

「ロボットのハトがそうなのよ。小さな声で歌うハトなの。それに気がつくかどうかで、注意ぶかさがわかる。気がついたとしても、自分の耳や目に自信のない人は、気のせいだろうと、そのままにする。そんな人は、みんな落第なのよ」

「ロボットのハトだったのですね」

「ええ。つぎに、ハトの行先をたしかめ、正体をつきとめようとする性質でないとだめ。でも、注意力と視力がよくないと、この部屋とまではわからない。だから、ここへやってくる人は、いままでほとんどなかったのよ」

「薬で宇宙の夢を見させるのは……」

「どんなことにもたちむかう勇気があるかどうかの試験なのよ」

ノブオは、からだをのりだして聞いた。

「それでぼくはどうなんですか。合格なのですか」

フジタ副所長は言った。

「合格だ。われわれがつくった問題に、すべてパスしたことになる。しかし……」

そして、困ったような顔になった。女の人が口を出した。

「あたしたちが期待していたのは、もっと年上の人だったのよ。あなたは、若すぎるわ。あ、まだ名前を言ってなかったわね。あたしは、ミキ・ユキエ。やはり、ガンマ基地の隊員なの」

若すぎると言われ、ノブオはがっかりした。だが、ガンマ基地の人とわかり、たずねてみた。

「じゃあ、ぼくのお父さんをご存知でしょう。ぼくはモリ・ノブオといいます。元気かどうか教えてください。このところ手紙がこないんです」

フジタ副所長は、ミキ隊員と顔を見合わせ、暗い表情になりながら言った。

「そうか、きみがモリ隊員のむすこさんだったのか。そうとは知らなかった。じつは話しにくいことなんだが、モリ隊員は、ある任務をおびて、基地を出発した。しかし、いまだになんの連絡もないのだよ。まだ、だめときまったわけではないのだが……」

ノブオは心のなかで、なにかが火のように燃えはじめた。空のかなた、どこかの星で、いまお父さんがさまよっているのだ。

「ぼくを宇宙で働かせてください。お父さんをさがす手伝いをしたいのです。なんでもやります。苦しくても文句は言いません」

ノブオの輝く目を見つめていたフジタ副所長は、うなずいて言った。

「よし、きみならやれそうだ。ほかの人とは意気ごみがちがう。しかし、宇宙は、決して安全なところではないのだよ。その覚悟だけは、してもらわなければならない」

「わかっています。いったい、ガンマ基地ではなにが起こっているのですか」

「くわしいことは、ガンマ星へ行く宇宙船のなかで話そう。原因不明の変なことが起こっているのだ。それを調べるために、何台もの宇宙船が基地を出発していったが、連絡を断《た》ったきりのが半分だ。なかには帰ってきたものもあるが、その乗員たちは記憶を失っていて、報告にならない。きみのお父さんは、まだ帰ってこないほうだ」

「ぼくは、きっとやりとげてみせます」

フジタ副所長は、ノブオの家までついてきた。お母さんはノブオの熱心さに負け、宇宙へ行くのを許してくれた。

三日後、ノブオは空港から宇宙船に乗り、ガンマ星へと出発した。フジタ副所長も、ミキ隊員もいっしょだ。許可をもらってノブオはペロを連れてきた。

狂った計器

ノブオたちの乗った宇宙船がガンマ星へ近づくと、操縦士は望遠鏡で星座を調べ、いそがしそうにハンドルをまわした。ノブオはフジタ副所長に聞いた。

「宇宙船というものは、自動操縦で動くはずでしょう。これは旧式なのですか」

「いや、そこなんだよ、問題は。以前は自動操縦でよかったんだが、五ヵ月ほど前から、計器がみんなおかしくなった」

「なおせないんですか」

「なおしたくても、故障の原因がわからないのだ。そのため、計器まかせの自動操縦にしておくと、気がつかないあいだに、宇宙船はとんでもない方向に進んでいってしまう。だから、いちいち目で星を見て、手でハンドルを動かさなければならないのだよ」

「そうだったのですか」

ガンマ星の基地にある空港への着陸も、また大変だった。地上では何人もの人が、赤や青の旗を振って合図している。それに従って、宇宙船はゆっくりとおりる。計器が信用できないので、自動的にいかないのだ。

このガンマ星は、水もあり植物もあり、鉱物の資源もある。だから、その開発でさぞ活気にあふれていることだろうと、ノブオは考えていた。だが、着陸して見まわしてみると、それほどでもない。働いている人が、あまりいないのだ。宇宙船から出て、ドーム状の本部の建物へむかう途中、ノブオはミキ・ユキエ隊員に聞いてみた。

「なんだかさびしい感じですね。みんな、どうしてしまったのですか」

「これも計器のぐあいがおかしくなったためなのよ。基地の計器はみんな狂っているの。知らないまに健康診断器のメーターまで変になっていて、健康な人たちをみんな病気と診断しちゃったの。それをなおそうとして、薬をどんどん飲ませたので、多くの人がほんとうの病気になってしまったのよ」

本部の部屋のなかには、ベッドが並べられ、基地の人たちが横になっていた。また、なんとか働いている人も元気がない。計器が使えず、なんでも目と手でやらなければならないため、注意のしつづけで疲れきっているのだ。

「驚いたなあ。もし、こんなことが地球で起こったら……」

と、ノブオは言った。地球上の計器がみんな狂いはじめたら、大変なさわぎになる。工場も交通もすべて止まってしまうのだ。フジタ副所長は大きくうなずいた。

「そうなんだ。基地の隊員は訓練されているため、まだ大事故も死者も出ていないが、仕事は完全にストップだ。だから、少しでも早く、その原因をつきとめなければならないのだ」

「手がかりはないのですか」

「特殊な電波のためと考えられるが、それ以上のことはわからない。その電波が、どこからくるのかもわからないのだ。調べようにも、第一、計器がたよりにならないし……」

副所長はため息をついた。ノブオは、思いついたことを言った。

「自動操縦にまかせて飛ぶと、宇宙船が変な方向へ進んでしまうというのでしょう。それなら、こうしてみたらどうでしょう。その狂った計器にまかせて、そのまま宇宙船を進めてみたら。どこかへ行きつくでしょうし、そこでこんなことになった原因が見つかるんじゃないでしょうか」

「ノブオくんもそう思うか。じつは、そのために、すでに八台の調査宇宙船を出発させている。しかし、まだ成果をあげていないのだ。そのうちの四台は不安そうなようすで帰ってきて、報告はどうもはっきりしない。かんじんの記憶を失っているのだ。あとの四台はなんの連絡もない」

「ぼくのお父さんは、まだ戻らないほうなのですね」

ノブオはそれが心配だった。副所長は感情を押えた声で言った。

「そうだ。しかし、ほかに方法も思いつかない。そのため、九台目の宇宙船を出発させる。わたしが行きたいところだが、所長も病気になり、それもできない。ミキ隊員が行く。このように危険な任務だが、ノブオくんもいっしょに行くかね」

「行きますとも」

ノブオは、はっきり答えた。

ガンマ星の見物などしているひまはなかった。準備が進められ、二日後に出発となった。宇宙船の名はガンマ九号。乗っているのは、ミキ隊員とノブオと犬のペロ。冒険への覚悟はしているが、ノブオはまだ少年。心のなかでは、不安だった。原因もわからずに狂っている計器にまかせて、自動操縦で宇宙に進むのだ。どこへ行くことになるのだろう。そこには、なにが待ちかまえているのだろう。

黄色い花

あてのない旅が、何日かつづいた。突然ミキ隊員が言った。

「ノブオくん。前のほうに星が一つ見えてきたわ」

望遠鏡でのぞくと、灰色の岩ばかりの星だった。そこに着陸してみることにした。

ふたりは宇宙服をつけて、外へ出た。なんの物音もせず、目につくものといえば、ところどころに咲いている黄色い草花ぐらいだ。まわりが殺風景なためか、花が美しく見える。

「この星にあるのは、花だけのようね」

ミキ隊員は、それをつんで花束を作った。ノブオは、肩にかけたカメラで、あたりをうつしていたが、そのうち言った。

「あ、むこうの岩山に穴があります。行ってのぞいてみましょう」

花ぐらいしかない星の岩山に、なぜ穴などがあるのだろう。ふしぎがりながら近づくと、穴の奥の暗やみで、なにかが動き、外へ現われた。

大きなへビだ。直径が一メートルぐらいあり、とても長い。からだは銀色をしていて、赤い点がもようのようについていて、目はみどり色に光っている。気持ちの悪いへビだ。

「わあ、出た。大変だ」

ノブオは叫び、腰の光線銃を手にしてうった。しかし、使い方になれていないので

命中しない。ヘビは、こっちへむかってくる。

ミキ隊員は、さすがに落ちついていた。ねらいは正しく、光線はヘビに命中した。しかし、相手はびくともしない。きっと岩を食べているヘビなので、熱に強いのだろう。ノブオは足がふるえ、歩けなくなった。泣こうとしたとき、ミキ隊員の声が聞こえた。

「ノブオくん、早く宇宙船へ戻るのよ。ヘビの動きはにぶいから、大丈夫よ」

そのとおりだった。大ヘビは、こっちへむかってくるが、ゆっくりなのだ。こっちのほうが早い。ノブオは逃げながら、カメラのシャッターを押すこともできた。

ふたりはガンマ九号へ戻り、急いで飛び立った。ほっとして宇宙服をぬぐ。

「けっきょく、おみやげは、この花束だけというわけね」

ミキ隊員は、花を机にかざった。それから、宇宙船で星のまわりを飛んだ。上空からくわしく調べようというのだ。

ミキ隊員は、窓から外をながめていたが、そのうち下を指さして言った。

「ノブオくん、この灰色の星へ着陸してみましょうよ」

この星とは、いま飛び立ったばかりの星のことだ。だが、ノブオは少しもふしぎそうな顔をせず、すぐ賛成した。

「ええ、そうしましょう」

これは、どういうことなのだろう。もし、だれかがそばで見ていたら、きっと目を丸くしたにちがいない。さっき着陸し、大ヘビに出会い、逃げて飛び立った星に、もう一回おりようというのだから。しかし、ふたりは、それを少しもおぼえていないのだ。だから、はじめての星のつもりで、宇宙船の高度を下げてゆく。

ふたりに、こんなことが起こった原因は、星でつんできた黄色い花だった。そのにおいのなかに、星の上で、見たり、行なったりしたことの記憶を失わせる成分がふくまれている。

宇宙船は、やがて着陸するだろう。ミキ隊員とノブオとは、宇宙服をつけて外へ出ることになる。そして、花をつむだろう。それから大きなヘビに追いかけられ、あわてて逃げまわり、宇宙船で飛び立つことになる。

だが、ほっとして宇宙服をぬいだとたん、つんできた花のにおいをかぎ、それらのことをすっかり忘れてしまうのだ。振り出しに戻って、また同じことをくりかえす。いつまでたっても、この星から離れられないことになる。目に見えぬワナにかかったようなものだ。

しかし、その時、犬のペロが大声でほえはじめた。

「どうしたんだい、ペロ……」

ノブオが声をかけたが、ペロはカメラにむかってほえつづける。顔をなでてやっても静かにならない。ミキ隊員は首をかしげた。

「変ねえ。なぜカメラにほえるのかしら。着陸する前にそのフィルムを現像してみましょうよ」

フィルムには、星へおりて花をつんでいるミキ隊員の姿がうつっている。

「あら、あたしがうつっているわ。なぜでしょう」

「それに、こんな大きな、気持ちの悪いヘビも……」

ふたりはぞっとした。自分のカメラに、見たこともないものが、うつっているのだ。

ミキ隊員とノブオとは、長いあいだ考え、話し合った。そのうち、机の上に枯れかけている花のあるのをみつけた。そして、やっと花のにおいのせいにちがいないと知った。ミキ隊員は、言った。

「この花が原因だったのね。基地に戻った隊員たちが、だれもはっきりした報告をせず、わけもわからずに不安そうなようすだったのは」

「きっと、そうですよ」

「同じことを、何回もくりかえしてしまう。しかし、大ヘビに追いかけられたショックは心の底に残り、記憶していなくても、こわい気持ちだけが高まる。最後には、たまらなくなって、ガンマ基地へ逃げ帰るのよ」

そんな目に会ったら、さぞいやなことだろう。こわい目に会うのだが、すぐそれを忘れ、また同じようにこわい目に会うのだ。燃料はへり、宇宙船のなかに枯れた花がふえてゆくが、なぜそうなるのかもわからないのだ。

「ぼくたちが早く気がついたのは、ペロのおかげですよ。犬には花のにおいがきかないのでしょう。おまえにも、いいところがあるよ。宇宙に出てから急に利口になったみたいだね」

ノブオは、ペロをだきあげた。ペロがほえてくれなかったら、どうなっていただろう。そして、気になるのはお父さんのことだ。

「この星から基地へ引きかえさなかった調査宇宙船は、どうなったのでしょう……」

「途中で気がついたか、この星を上空からながめて、なにもなさそうだと着陸せずに進んでいったかでしょう。さあ、あたしたちも、もっと先をめざしましょう」

だれかいませんか

　ノブオとミキ隊員とペロの乗った宇宙船ガンマ九号は、人の頭をおかしくしてしまう星をあとにして、宇宙を飛びつづけた。しかし、目的地がきまっているのではない。原因もわからずに狂った計器によって、どことも知れぬ方角にみちびかれているのだ。

「ノブオくん、こわい……」

　と、ミキ隊員に聞かれ、ノブオは首を振って答えた。

「こわくなんかありませんよ」

　ほんとうのところは、ゆくてになにが待ちかまえているか、それを考えると、ときどきおそろしくなるが、女の人の前で、そんなことは言えないのだ。また、どんなことをしても、お父さんをさがさなければならない。

　何日か飛びつづけると、やがて一つの惑星が見えてきた。住みよい星のようだ。

「こんどは、あの星に着陸してみましょう。気候もよさそうだし、植物もありそうです」

　と、ノブオが言ったが、ミキ隊員は答えた。

「ええ、だけど注意しましょう。こういう住みよい星には住民がいるでしょうし、突然着陸したりすると、驚いて攻撃してくるのよ」

そういうものかもしれないなと、ノブオは思った。ガンマ九号は上空に浮かび、ゆっくりと高度を下げていった。攻撃されたら、すぐに逃げられるように注意したのだ。

望遠鏡でのぞいていると、道路が見えてきた。ところどころに小さな町がある。文明をもつ住民がいるようだ。だが、地上からはなんの攻撃もない。

「この星の人たちは、平和的なようですね」

と、ノブオが言うと、ミキ隊員はうなずいた。

宇宙船は、さらに高度を下げ、ある町のそばの原っぱに着陸した。

「おおい、だれかいませんか。ぼくたちは、地球という星からやってきた者です。みなさん、仲よくしましょう……」

ガンマ九号から出て、ノブオは、スピーカーを使って大声で呼びかけた。しかし、あたりはしんとしていて、なんの返事もない。住民は攻撃もしてこないが、歓迎もしてくれないようだ。それとも耳が聞こえないのだろうか。

「町へ入ってみましょう。なにが起こるかわからないから、武器を持っていくのよ」

と、ミキ隊員が言った。そのあとにつづきながら、ノブオはペロに命じた。

「だれかいたら、ほえて知らせるんだぞ」

町に近づいたが、だれも現われず、ペロもほえなかった。小さい町で、地球の町によく似ていた。道路をはさんで歩道があり、商店や住宅が並んでいた。

しかし、動くものは一つもなく、人の声はもちろん、なんの物音も、聞こえてこない。ノブオは、言った。

「うすきみ悪いところですね。住んでいる人は、どこかにかくれているのでしょうか」

どの家もきちんとしていて、見捨られた古い町という感じはしない。それなのに住民の姿が見えないのだ。

その時、ふいにペロがほえて、かけだしていった。そして、庭のある一軒の住宅のなかへと入っていった。

ふたりは、はっとなって、光線銃をにぎった。玄関に立って、あいさつをする。

「こんにちは、だれかいますか」

やはり返事がない。ドアを押すと開いた。なかへ一歩入り、ミキ隊員もノブオも、そこにあるものを見て驚いた。

テーブルがあり、その上には四人前の食事が並んでいる。しかも、できたてらしく、

まだあたたかい。いいにおいもする。

だれも住んでいないらしい家に、できたてのごちそうがある。こんなことがあっていいのだろうか。ふたりはしばらく、立ち止まってぼんやりとため息をついた。

そのあいだに、ペロは机の上へ飛び上がり、皿の上の食事を食べはじめていた。ノブオは気がついて言った。

「おい、ペロ、食べちゃだめだ。毒が入っているかもしれないんだ」

なにかのワナかもしれない。ネズミとりのように、エサにつられて入ると、出られなくなってしまうということだって考えられる。

しかし、玄関のドアから外へ出ることもできた。また、料理を食べたペロはなんともない。ミキ隊員は小さな装置を出して調べたが、有害なものは、入っていなかった。

「大丈夫のようよ。勇気を出して食べてみましょうよ」

ミキ隊員とノブオは口に入れた。味はよかったが、なぞは少しもとけない。ふたりは、なぜこうなったのだろうと、原因を考えてみた。

宇宙船がおりてくるのを見て、住民たちがあわてて逃げたのだろうか。しかし、あたりのようすでは、そうとも思えない。椅子がひっくりかえってもいなければ、品物が散らかってもいないのだ。

では、どこかへかくれているのだろうか。それなら、ペロがほえてみつけるはずだ。

「マリー・セレスト号事件のようね……」

と、ミキ隊員が言った。むかしの地球で起こった奇妙な事件のことだ。この名前の船が大洋をただよっているのを発見したところ、内部は、なにもかもととのっており、故障もしていない。書きかけの日記もあり、少し前まで人がいた感じなのだが、さがしても、だれひとりみつからなかったという、なぞの事件だ。

「でも、こんな食事があるからには、それを作っただれかがいるはずです。別の町を調べに行きましょう」

ノブオが言うと、ミキ隊員が答えた。

「そうしましょう。宇宙船から小型エアカーを出して、それに乗って行きましょう」

エアカーとは、空気を下に噴射しながら走る車で、道路の上をすごい早さで進むのだ。

道路は湖のそばを通ったり、森をぬけたり、花の咲いている野原を走ったりした。ときどき町を通りすぎるたびに、エアカーのスピードを落し「だれかいませんか」と叫んでみる。しかし、なんの返事もなく、どの町もからっぽだった。

人の姿は、まったくないのだが、どの家も掃除がゆきとどいて、水道からはちゃんと水が出る。住民たちは、どうしたのだろう。いっせいに、消えてしまったのだろうか。それとも、透明人間の町なのだろうか。

あまりのふしぎさに、ノブオはこわくなって、悲鳴をあげた。しかし、それを聞きつけて出てくる者もないのだった。

こうして、いくつもの町を通りすぎた。ノブオは、いちいち呼びかける気もしなくなった。そして、何番目かの町に近づいたとき、ペロが、突然ほえはじめた。

「また食べ物かな。ペロ、だれか人がいるというのかい」

ノブオが聞くと、そうだと答えるように、ペロはほえつづけた。

「わかった、静かにするんだ」

ふたりはエアカーを止めて、おりた。光線銃をにぎって、そっと進む。人声がする。どんなやつがいるのだろう。地球人の声のようだが、油断はできない。

声は、レストランのような店のなかから聞こえてくる。大ぜいいるようだ。ミキ隊員とノブオとは、武器をかまえてうなずきあい、飛びこんだ。しかし、なかからはなんの反撃もなかった。

そのかわり、酔っぱらいの声がした。

「おい、いい気持ちでいるところだ。おどかさないでくれ」とか「よくきた。さあ、新しくきた人たちに乾杯しよう」とか、六人ぐらいの男が、酒を飲みながら、わあわあさわいでいる。歌を歌っている者もある。

ふたりは、あまりのことに驚いた。ミキ隊員は、目を丸くして、男たちの顔をながめていたが、やがて言った。

「まあ、あなたたちだったのね。こんなところで酔っぱらったりしていて……」

ノブオは、ミキ隊員に聞いた。

「この人たちを知っているのですか。いったい、だれなんです」

そして、わけがわかった。この人たちは、ガンマ星の基地の人たちだったのだ。計器が狂うという異変の原因を調べるために、基地を出発した宇宙船。そのうちの二台が、ここで道草をくっている。そのまま連絡がないので、基地では心配しているというのに、このありさまだった。

酔っぱらいのひとりが言った。

「まあ、うるさいことなど忘れて、ミキ隊員もいっしょに飲もうよ。おいしいお酒がそろっている」

ふたりは、それをなだめながら、質問をし、少しずつ事情が、わかってきた。この星では、どの町の家も精巧な自動装置がしかけられているのだ。

よごれると、自動掃除器が現われて、きれいにしてくれる。食事の時間になると、料理がひとりでに壁から出て、机の上に並べられるのだ。

さっきの、だれもいない家にあった食事のなぞも、それではっきりした。となると、この星には地球に似た文明、しかも、かなり進んだ文明があったのだ。しかし、その住民たちは、どうなったのだろう。

前に到着した隊員たちも、みな、そのわけを知りたがった。だが、手がかりになる記録は発見できず、町の家を調べてもわからない。

そのうちに、隊員たちは、あまりいごこちがいいので、気がゆるんでしまったのだ。静かで気候がよく、働かなくていい。ちょっと、ひと休みのつもりが、もう一日、もう一日となって、酒を飲んで酔っぱらいつづけるという生活になってしまった。おいしい食べ物も酒も、なんでも自動的に出てくるのだ。歌ったり、遊んだり、好きな時に眠ればいい。

こんな生活をつづけたので、隊員たちは、みんな頭がぼけてしまっていた。ミキ隊員とノブオとが、これだけ聞き出すのも大変だった。ノブオは、ひとりひとりに聞いてまわった。

「ぼくのお父さんの、モリ隊員のことを知りませんか。みなさんのように、ガンマ星の基地を出発したはずなんです」

しかし、知っている人はいなかった。きっと、さらに先へ進んでいったのだろう。ノブオは、お父さんに会えなくて、がっかりしたが、ほっとした気分でもあった。お父さんが、ここでだらしなく酔っぱらったりしていたら、もっとがっかりしてしまったにちがいない。

ミキ隊員とノブオは、エアカーに乗って宇宙船へ戻り、無電で、このことを報告した。基地のフジタ副所長は、あまりのことに、あきれたり、怒ったりしたが、いまさらどうしようもない。命令をミキ隊員に伝えた。

「わかった。きみたちは、そのまま先へ進んでくれ。酔っぱらっている隊員たちについては、こちらから迎えの宇宙船を出す」

「わかりました。しかし、この星から住民のいなくなった原因は、まだなぞです」

「それについては、もっと先へ進まなければわからないだろう。すぐ出発してくれ」

ミキ隊員とノブオとは、それに従った。ここで、もうしばらく休みたいが、そうしたら、ずるずると、ほかの連中と同じになってしまうだろう。任務を、忘れてはいけない。ふたりは、ガンマ九号を出発させた。

ペロが……

宇宙船ガンマ九号は、どこへともなく飛びつづけている。どうなっているのかわからない計器にまかせ、進んでいるのだ。ちょうど、目かくしをされ、だれともわからない人に手を引かれて、歩きつづけているようなものなのだ。

犬のペロは、のんびりと眠っているが、ノブオは、ときどき、たまらなく心配になる。そこで、ミキ隊員に話しかけてしまうのだった。

「ぼくたちが飛び立った、あの、人の住んでない町ばかりの星。住民たちはどうしてしまったのでしょう」

「わからないわ。宇宙のなぞというものは、そう簡単にはとけないのよ。注意ぶかくとりくんで、少しずつわかってくるものなのよ」

「いったい、ぼくたち、どこへ進んでいるんでしょうね」

「それを調べるのが、あたしたちの任務じゃないの」

何日か宇宙の旅がつづいた。

宇宙船内の無電機が、

〈ピーッ、ピーッ〉

という音を、かすかに受信しはじめた。それを耳にして、ミキ隊員が言った。

「あら、救助信号よ。さっそく、その方向にむかいましょう」

「でも、この宇宙船の計器は、正常じゃないんでしょう。電波を受けないで、勝手に鳴ってるんじゃないんですか」

ノブオの質問に、ミキ隊員は、はっきり答えた。

「行ってみても、だれもいないのかもしれない。また、なにかのワナかもしれないけど、宇宙で働く者としては、救助信号を聞いたからには、なにをおいても、すぐそこにむかう。これがきまりなのよ」

ミキ隊員は、操縦席について、その方向へとガンマ九号を進めた。やがて、星が見えてきた。空にただよう白い雲をつきぬけ、地上へむかう。

そして着陸。地上は、草におおわれた小高い丘が、いくつもつづき、ところどころに林がある。気温はあたたかい。

「おだやかなながめですね。発信している人、どんな目に会って、救助を求めることになったのでしょう」

ノブオはふしぎがった。

「外へ出て調べてみましょう。電波探知機によると、信号は、あっちのほうからよ」

ふたりは、外へ出た。ペロもついてきた。ペロは宇宙の旅にあきたのか、喜んでかけまわった。

丘をいくつか越えて進むと、なにか物音がした。重い物が動くような、どしん、どしんという地ひびきもする。

その音は、しだいに大きくなり、丘のむこうから、それは、突然姿を現わした。大きな大きな動物だった。むかしの地球にいたという、恐竜のようだ。首が長く、尾も長く、高さは二十メートル以上もありそうだ。ノブオが叫ぶ。

「わあ、出た……」

「光線銃をうつのよ。そして逃げるのよ」

ノブオは、引き金を引いた。しかし、光線は出なかった。ミキ隊員のも、やはり同じだ。

「どうしたのかしら。銃をさびさせる成分が、大気中にふくまれているのかもしれないわ。さあ、早く宇宙船へ逃げましょう」

ふたりはかけだした。恐竜は、あとを追ってくる。すばやい動きではないが、からだが大きいので、歩くはばがひろい。

ふたりとの距離はちぢまる一方だ。ふたりはくたびれてくる。

「ぼく、もうだめだ。走れない」

「なんでもいいから、走るのよ。つかまったらおしまいよ！」

しかし、ノブオは、力がつきてしまった。恐竜はすぐそばまで追いついてきた。こんなに大きいのが相手では、飛びかかっていっても、はねかえされるだけだ。そして、ふみつぶされるのだろうか。食べられてしまうのだろうか……。

その時、いっしょに走っていたペロが、勢いよくほえながら、別な方角にかけだした。恐竜は、その鳴き声に興味をもったらしく、ペロのあとを追いはじめた。

「あ、ペロがやられちゃう……」

ノブオは、疲れも忘れて言った。だが、ミキ隊員は冷静に言う。

「さあ、このすきに逃げましょう。あたしたちには任務があるのよ。それを忘れちゃだめよ」

立ち止まろうとするノブオを、ミキ隊員は強く引っぱった。やっと宇宙船へ戻る。このなかなら、恐竜にやられることはない。

ほっとしたとたん、ノブオは泣きだした。

「ペロがいなくなっちゃった。いまごろはもう、恐竜に追いつかれ、食べられちゃっている。いつまでも逃げきれるはずはない」

　それをミキ隊員はなぐさめた。

「あたしだって悲しいわ。だけど、ペロはあたしたちを助けようとして、犠牲になってくれたのよ。もしペロがああしてくれなかったら、みんなやられてしまっていたわ。これからは、ペロのぶんまでがんばりましょうね」

「はい……」

　うなずいたが、ノブオの悲しみは、そうすぐに消えない。夜になって眠ると、ペロの夢を見た。仲よくふざけあっている夢だ。

　だが、ふと目をさますと、もうそのペロとは会えないことに気づく。さびしさはさらにはげしくなり、ノブオは胸が痛くなるのだった。

　朝になると、ミキ隊員は言った。

「ここの恐竜には弱ったわね。光線銃の修理には、時間がかかるし、眠りガス弾でも持って行きましょうか。救助信号を出している人のところに、早くたどりつかなくては……」

　ペロのことにはふれなかった。それを口にすると、ノブオが悲しむからだ。

「あんなに大きな恐竜です。眠りガス弾も、よほど、たくさん使わなければ、きかないかもしれませんよ。それより、逃げる時に油をまいて、すべってころばせる作戦はどうでしょう」

と、ノブオは意見を言った。ここは地球ではなく、きびしい宇宙なのだ。ペロのことをいつまでも悲しんで、任務をおこたることは許されない。宇宙船の受信機は、ピーピー鳴りつづけている。救助を求めている人間が、この近くで待っているのだ。また、基地の人たちの大ぜいが、いま、異変で困っているのだ。その解決のために、ぼくたちは、出発してきたのだ。

そう考えて、ノブオは元気を出そうとした。しかし、ペロがすぐそばにいるような気がして、あたりを見まわしてしまう。そして、声がつまり、しぜんに涙が出てきてしまうのだ。

突然、ノブオが叫んだ。

「あ、ペロの声がする」

ミキ隊員がきびしい口調で言った。

「気のせいよ。ペロのことは、もう忘れなさい」

「ほんとですよ。聞いてごらんなさい」

耳をすますと、遠くでたしかにペロのほえる声がしていた。ノブオは宇宙船を出てかけだした。

「お待ちなさい……」

と、呼ぶミキ隊員の声も耳に入らない。丘を二つほど越えると、むこうからペロがかけてきて、ノブオにとびつく。ノブオはだきしめ、頭をなでながら言った。

「よかった。ぼく、どんなに悲しんだかしれないぞ、こいつめ……」

泣いたり、笑ったりしていたので、ノブオはあたりに注意するのを忘れていた。地ひびきに気がついた時には、もうおそい。

すぐそばの丘のかげから、恐竜が姿を現わしていた。あまり、突然だったので、ノブオは足が、すくんでしまった。

ああ、ぼくはやっぱり子供なんだ。すぐに大切な任務を忘れてしまう。ミキ隊員の命令を聞かなかったのがいけないんだ。

こんどはペロも、なぜかほえてくれない。

恐竜は、すぐそばまできた。ノブオは、ふるえながら目をつぶった。もう助からない。お父さん、お母さん……。

しかし、なかなか、かみつかれも、ふみつぶされもしなかった。長い長い時間がたったような気がした。そのうち、顔になにかがさわるのを感じた。おそるおそる目をあけると、そこに恐竜の顔があった。

恐竜にほおずりされるというのは、変な気持ちだ。生きたここちがしなかったが、やがて落ちついてくると、恐竜は意外にやさしい目つきをしていた。こっちをやっつけようとしているのではないらしい。それどころか、なれなれしいような感じさえした。おとなしいやつだったんだ。

ノブオがペロをだき、恐竜をあとに連れて戻ってきたのを見て、ミキ隊員は目を丸くした。

「信じられないわ。どういうことなの、これ……」

ノブオは、この恐竜は、どうやら危険な存在でないらしいことを説明した。ミキ隊員は安心した。ゆっくり外を歩けるとわかったからだ。

「じゃあ、出かけましょうか。この小型探知機を持って進みましょう」

宇宙船を出発すると、恐竜はあとについてくる。その背中にペロがかけあがったりするが、恐竜は別に怒らない。途中で何頭かの恐竜に出会った。どれもおとなしく、歓迎のつもりか、しっぽを振るのもあった。

探知機の示す方向に進むと、やがて丘の途中に、ほら穴をみつけた。救助信号は、そのなかから発信されているのだとわかった。

注意しながら入ってみると、ひとりの隊員が、眠っていた。そのそばには、スイッチの入った救助信号用の小型無電機があった。

ミキ隊員は、ひと目見て、それがふつうの眠りでなく、冬眠剤を飲んだ眠りとわかった。そこで、ポケットから薬を出し、注射する。めざめさせる薬なのだ。

まもなく、眠っている隊員の呼吸は大きくなり、やがて目を開き、あたりを見まわしながら言った。

「あ、ぼくは助かったんですね。どうもありがとう。ぼくはツジ隊員です」

「あたし、ガンマ基地からきたミキ隊員。でも、こんなところでどうなさったの」

「調査のために、この星におりてみたのです。しかし、外へ出て、しばらく進むと、恐竜に追いかけられた。銃は故障で使えない。宇宙船と反対のほうにかけだしてしまいました。やっとこの穴にかくれたのですが、外には恐竜がいて、出られない。しかたがないので、冬眠剤を飲んで救助を待つことにしたわけです」

食べ物なしで何ヵ月もすごすのには、からだを動かさずに眠りつづけるのがいちばんいいのだ。

「ぼく、モリ・ノブオです」

と、ノブオはあいさつした。それから、ここの恐竜はおとなしい性質であることを説明した。ツジ隊員は、とてもくやしそうだった。知らなかったばっかりに、この穴のなかで、長いあいだ眠ることになってしまったのだから。

ツジ隊員は、ミキ隊員と、いままでのことを報告しあったあと、自分の宇宙船のほうへ戻っていった。冬眠からさめた人は、しばらくたたないと、ふつうのからだに戻らないのだ。そのためツジ隊員は、何日か休んで、あとから出発することになった。ノブオたちのガンマ九号は、ひとあしさきに出発し、また宇宙の旅をつづけた。ノブオは言う。

「あの恐竜たち、いやになれなれしかったなあ。地球へ連れて帰りたい感じでしたね」

「どうして、あんなにおとなしい性質になったのかは、いずれなぞもとけるでしょう。でも、ぶじにあの星を出られてよかったわね」

「なにもかも、ペロのおかげですよ。おい、ペロ。おまえはぼくたちを助けるために、あんなことをしてくれたのかい。それとも、おとなしい恐竜とわかってやったのかい」

ペロは、わんわんとほえた。どっちなのか、ノブオにはわからなかった。しかし、そんなことはもう、どっちでもいいのだ。ぼくは助かったのだし、ペロとも別れないですんだのだ。

ただよう城

おとなしい恐竜のいる星をあとにした宇宙船ガンマ九号は、さらに旅をつづけた。窓から外を見ると、数えきれぬ星々が、さまざまな色で輝いている。

「お父さんは、いまごろ、どの星に……」

ノブオがつぶやくと、ミキ隊員はなぐさめた。

「きっと、どこかで元気に活躍していらっしゃるわよ。心配するだけでは、なにも解決しないわ。勇気を出して進みつづけるのよ。さあ、光線銃の手入れでもしましょう」

ふたりはさびた光線銃をなおした。

何日かがすぎた。ふいに、操縦装置のベルが鳴りはじめた。ノブオは質問した。

「あれは、なんのベルなんですか……」

「前方になにか物体があると、レーダーがとらえて、ベルで知らせてくれるのよ」

「でも、計器の状態が怪しいんだから、あまりあてにはできませんね」

「だけど、いちおう調べてみましょう。どうせ、なにかあったとしても隕石《いんせき》のたぐいでしょうけど……」

ふたりは宇宙船の前のほうの窓から、外を見た。ガンマ九号は速力をゆるめ、ライトで照らしながら進んだ。やがてライトの光のなかに、想像もしなかったものが出現した。

「あ、あれはいったい……」

ノブオは悪い夢にうなされたように叫び、ミキ隊員も目を丸くして言った。

「悪魔のすみかみたいね」

ヨーロッパの古い城のようなものが、そこに浮いていた。まわりは石垣で、ところどころに見張り台がある。円筒形で先のとがった塔のような建物がいくつもある。その塔の上には、旗がついていた。まっ黒のなかに、ぐにゃぐにゃしたひとだまのような形が、白くかかれている旗だ。真空の宇宙で風がないため、旗は少しもひるがえらない。見ただけで、うすきみ悪くなる。それが宇宙のただなかをただよっているのだ。

「なぜ、こんなお城が、こんなとこに……」

「わからないわ」

「だれが作ったんでしょう」

「わからないわ」

なにもかもなぞだった。ミキ隊員は無電機を使って呼びかけてみた。しかし、なんの返事もない。

ガンマ九号がさらに近づくと、城の窓にいっせいにあかりがともった。なかにいるだれかが、宇宙船を見てあかりをつけたのだろうか。だが、どの窓にも人影はなく、あいかわらず無電への返事もない。ノブオは言った。

「なんだかこわいな。でも、調べに入らなくてはならないんでしょう」

「ええ、ここで逃げては、あたしたち、なんのためにきたのか、わからなくなってしまうわ。さあ、入り口をさがしてみましょう」

ガンマ九号が石垣にそってまわると門があった。丈夫そうなとびらがついていたが、近づくにつれてしぜんに開いた。追いかえそうという感じではなかった。

思いきってそこを通りぬけると、とびらはふたたびしまり、そこには宇宙船を置くのにちょうどいい広さの場所があった。

あたりには空気もある。天井や壁には古びたランプがあり、青みをおびた光が、そのへんを照している。空気が有害でないことをたしかめ、ふたりは外へ出て大声で呼んだ。

「おおい……」

しかし、声は石の壁にはねかえって、こだまとなるばかり。

動くものは、なにも現われなかった。城のあかりは、宇宙船が近づいたので、自動的についたのだろうか。

「だれもいないようですね」

「さあ、その部屋に入ってみましょう」

ミキ隊員は、そばのドアを指さした。

ドアをあけると、きしむような音がした。なかに入ってみると、だれもいない、かすかにかびくさい部屋だった。部屋のなかには、テーブルと椅子《いす》がいくつかあるだけだ。青いランプが上のほうで光っている。ドアがうしろで、しぜんにしまった。ぶきみな感じだが、ついてきたペロは、あたりを楽しげにかけまわっている。

「ここ、なんのための部屋なんでしょう」

「わからないわ」

ふたりは椅子にかけてみたり、歩きまわったりしてみた。しかし、城の正体を知るてがかりは、なにも発見できなかった。

そのうち、ノブオはなにか変な気分になってきた。

さっきまでは、簡単にテーブルに手をつくことができたのに、背のびをしないと、そうできなくなったのだ。

「変だなあ、どうしたんだろう?」

ミキ隊員も首をかしげながら言った。

「あたしもそれに気がついたの。さっき椅子に腰かけた時は、ちょうどよかったんだけど、いますわると、椅子が大きすぎるのよ」

ノブオはぞっとし、ふるえ声を出した。

「大変だ。ぼくたちのからだが、ちぢみはじめたんだ。ちぢんでいくんだ」

「おそろしいところへ入ってしまったわ。早くここから出ましょう」

ふたりはペロをつれ、ドアにむかった。しかし、たどりついた時には、さっきはさわることのできたとってに、背のびをしても手がとどかなくなっていた。

ドアをあけることができないのだ。押しても、光線銃でうっても、びくともしない。

「そうだ、椅子を台にして、とってをまわしましょう」

ノブオは椅子を取りに戻った。しかし、ノブオの背の高さは、もう椅子のすわるところぐらいになっていた。力をこめても重くて動かせない。泣き声をあげてしまった。

「だめだ。ぼく、もうこんなに小さくなってしまった」

「あきらめないで、がんばりましょう」

ミキ隊員は元気づけたが、いい方法も考えもなかった。部屋を歩いてひとまわりするのにも、さっきの何倍も時間がかかる。もはや、この部屋から出られそうにない。悪魔ののろいで小さくされつづけ、ついには消されてしまうのだろうか。

そう考えると、ノブオは気が狂いそうだった。

ノブオがしゃがみこんでぐったりしていると、突然ミキ隊員が言った。

「あら、からだがもとに戻りはじめたようよ」

「ほんとですか……」

ノブオが起き上がると、そのとおりだった。

立ってみると、椅子にとどくまでになっており、やがて、机の上から見おろせるようになった。もとの大きさになれたのだ。

ドアのとってをまわすこともでき、あけて部屋の外へ出る。

「ああ、助かった。ぼく、どうなることかと……」

ノブオは、ほっとため息をついた。しかし、ミキ隊員は考えながら言った。

「キツネにつままれたようで、ますますわけがわからなくなったわ。なぜ、またもとへ戻れたんでしょう。あたし、もう一回、部屋のなかをよく調べてみるわ」

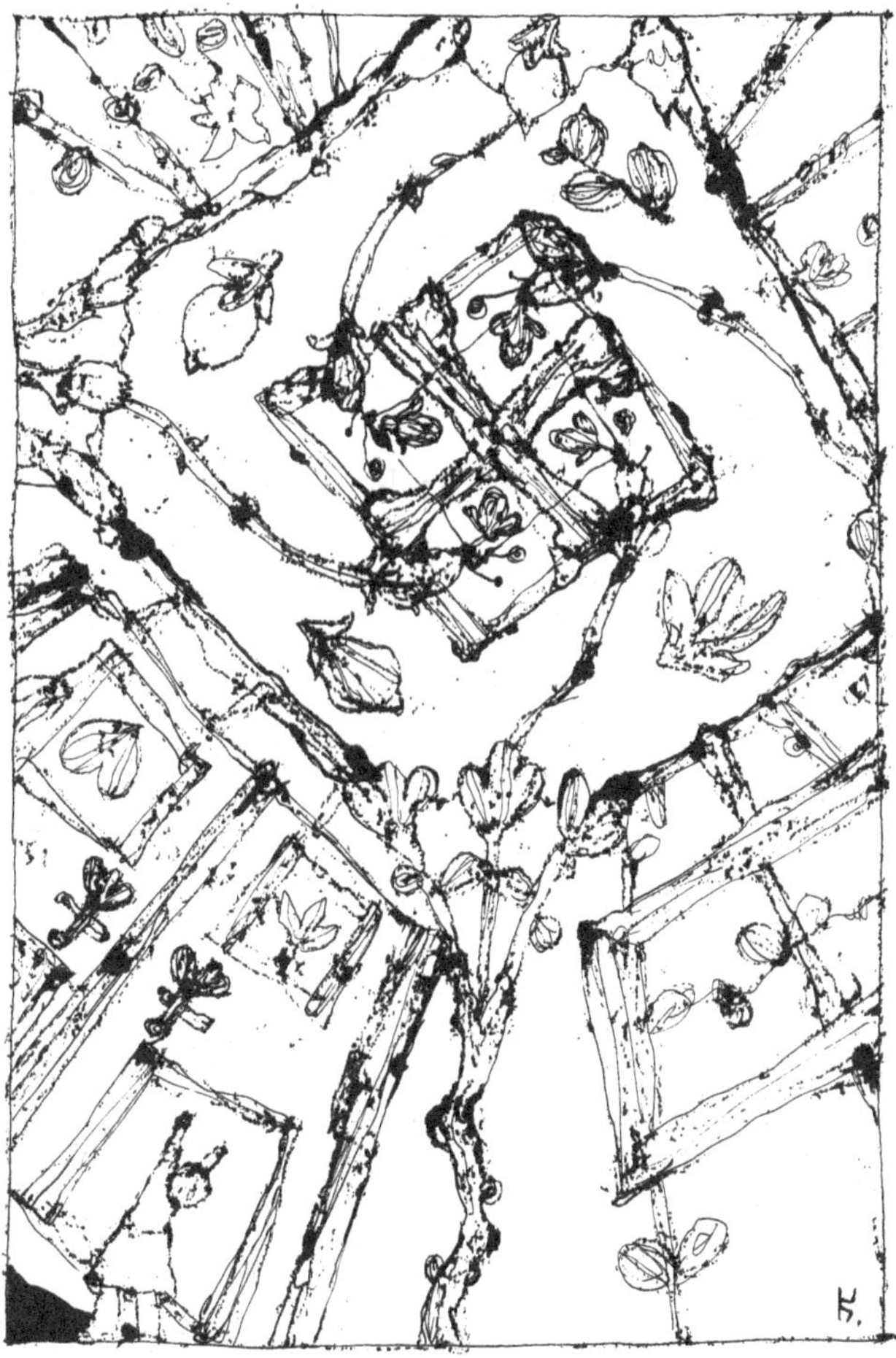

「ぼくはここで待っていますよ。まだ、からだがふるえている。合図をしてくれれば、外からドアをあけてあげますよ」

ノブオはペロを出して、そばにあった石づくりの椅子に腰をおろした。

いまのさわぎで、ノブオの頭はすっかり疲れてしまった。目をつぶると、少し眠くなってきた。そのうち、ノブオはどこからか聞こえる、足音のようなものを耳にした。

そして、はっと思った。

ここは、だれもいないお城なのだ。それなのに足音がするとは……。

目をあけて見まわすと、むこうの暗い階段を、なにかがおりてくる。

「だれですか」

声をかけたが、そいつはだまって階段をおりつづけ、近づいてくる。明るいところへきて、顔がはっきり見えた。

「き、きみは……」

ノブオは叫び声をあげた。むこうからやってきたのは、やはりノブオだったのだ。服も同じだし、ペロをだいているところも同じだった。自分とそっくりなのだ。鏡にむかっているような気分だ。こんなことって、あるだろうか。

幽霊ではない。近づくにつれ足音はするし、上からの光で床にはからだの影がうつっている。

「あ、あ、あ……」

ノブオは声も出なかった。もうひとりのノブオは、さらに近づいてくる。自分そっくりの相手では、光線銃をうつ気にもなれない。

むこうが先にうつかもしれないのだ。ノブオはからだの力がぬけ、そこにすわりこんだ。

その時、ノブオの手からペロが飛びおり、ほえながら相手にむかっていった。

「あぶないからやめろ」と言いたかったが、声が出ない。ペロのやつ、やられてしまうぞ。そんなことを、ぼんやり考えるだけだった。

だが、ペロは相手に飛びかかり、かみついた。

すると、近づいてきた者は倒れ、動かなくなった。すごくあっけない。

ノブオがこわごわ近よってみると、それは人形だった。歩く人形。それだけのものなのだ。

そうとわかって少しは安心したが、なぜ自分とそっくりの人形が、現われたのかは、まったくわからなかった。

そのうち、ミキ隊員がさっきの部屋から出てきて、元気な声でいった。

「わかったわ、からだのちぢんだわけが」

「なんだったのですか」

ノブオはそれだけ言った。人形に出会った驚きで、まだ顔が青い。ミキ隊員の説明を聞いて、早く安心したかったのだ。

「あたしたちが小さくなったのじゃなかったのよ。部屋やテーブルや椅子が、いっせいに大きくなっていたのよ。からだが軽くなったような気がしたのは、それにつれて重力をへらしたからなのよ。このお城を作ったのは、よほど科学の進んだ人たちのようね。わかってみると、面白いしかけだわ」

ミキ隊員は笑った。ノブオは、いまここで起こったことを話した。自分とそっくりの人形が現われ、びっくりしてしまったことを。

ミキ隊員はノブオのすわった椅子や、人形の現われた階段の上を調べた。そして、わけがわかった。椅子にすわると、すわった人とそっくりの人形が作られるのだ。なにもかも精巧な装置なのだ。ミキ隊員がその椅子にすわってみると、まもなくそっくりの人形が階段をおりてきた。ノブオは感心しながら言った。

「それにしても、なんでこんな変な装置がそろっているんでしょう。こわくて、面白くて、なんの役にも立たない装置が……」

「そこなのよ。あたしの考えだと、ここは遊園地のようなものじゃないかと思うの。地球にだって、ビックリランドとか、おばけ屋敷なんていうのがあるでしょう。こわがって遊ぶところなのよ。本人そっくりの歩くお人形は、おみやげのためかもしれないわ」

ノブオはうなずいた。そう言われれば、そうのようだ。

しかし、そうと知らずに入り、部屋をぜんぶまわったら、頭がすっかり、おかしくなったかもしれない。

「遊園地のようなものとわかったら、これ以上いてもしようがないわ。宇宙船へ戻って出発しましょう」

と、ミキ隊員は言った。

不時着

宇宙船ガンマ九号は、どこかの宇宙人の作った遊園地のお城をあとに、ふたたびあてもない旅をつづけた。ノブオが言った。

「変なお城でしたねえ。ぼく、からだがちぢんだり、もうひとりのぼくが現われたりして、ほんとにびっくりしちゃった」

「あんなものをつくった宇宙人、どこにいるのでしょうね。それをつきとめることができれば、すべてのなぞがとけると思うんだけど……」

ミキ隊員は窓の外を見ながら、首をかしげた。まぼろしの星は、このたくさんの星のどれだろうと考えているのだ。

宇宙の旅の途中は、することがなく、退屈なものだ。しかし、ノブオはお父さんのことが心配であり、また、これからどんな事件にめぐり会うのだろうかと考え、落ちつかなかった。ペロと遊んで気をまぎらわすほかに、することがなかった。

突然、はげしい物音がし、宇宙船がふるえた。なにかがぶつかったらしい。警報のサイレンが鳴りひびく。ノブオはあわてた。

「どうしたんでしょう……」

「隕石《いんせき》がぶつかったのかもしれないわ。レーダーで防げるはずなんだけど、装置のぐあいがおかしかったので、こうなってしまったのね」

「この宇宙船の計器は、はじめからずっとおかしいんですよ」

「どこをやられたか調べてみましょう」

ふたりは宇宙船の内部をまわった。そして、事故に会った場所をみつけた。うしろのほうの貯蔵室をやられている。かたいものがつきぬけていったのだ。

燃料タンクがやられている。予備の電池や部分品もやられている。それを見てふたりは青くなった。このままでは、宇宙を飛びつづけることができない。基地へ引きかえすこともできないのだ。

宇宙のなかを永久にただよいつづけることになるのだろうか。救助信号の電波を出し、冬眠剤を飲んで待つという方法もあるが、かならず助かるかどうかはわからない。基地ではいま、異変のために、人手がたりなくて困っているのだ。救助隊を出せないかもしれない。

「これから、どうしましょう」

ノブオが心細い声で聞くと、ミキ隊員は言った。

「ひとまず、どこか近くの星に着陸し、そこでゆっくり計画をたてましょう」

望遠鏡でのぞくと、そう遠くないところに二つの星があった。一つは、小さな凍りついた星であり、一つは、あたたかく植物もあるらしい星だった。どうせ着陸するのなら、あたたかい星がいい。

ミキ隊員は宇宙船の針路をそっちにむけた。しかし、しばらくすると、どうもようすがおかしい。めざす星に近づかないのだ。ハンドルをそちらにむけて固定したはずなのに、ガンマ九号はいつのまにか氷の星のほうに進んでいるのだ。

「変ねえ……」

ハンドルをもう一度もとに戻し、ちゃんとなおしたが、やはり氷の星にむかってしまう。宇宙船の計器がしぜんにそうなってしまうのだろうか。それとも、氷の星がなにかの力で、宇宙船を引きよせているのだろうか。

ノブオは言った。

「手で押えて操縦しましょうか」

しかし、ミキ隊員は命令した。

「これには、なにか意味があるかもしれないわ。こうなったら運命に従いましょう。氷の星をめざすのよ」

ガンマ九号は、その凍りついた小さな星に、なんとか着陸した。寒く暗く、すべてが氷におおわれ、なんの物音もなく、青白いながめが広がっているだけだ。さびしく荒れはてた景色なのだ。

「なんにもない、いやな星ですねえ。ひとを引きつけておきながら、着陸してみると、こんな調子だ。そうと知ってたら、むりしても、あたたかい星に行くべきでしたね」

ノブオは文句を言った。

「いまさらしかたがないわね。ひと眠りしましょうよ。すべては、それからよ」

ミキ隊員にいわれて、ノブオは眠ろうとしたが、頭がさえるばかりだった。こんなところに、不時着して、これからどうなるのだろうと考えると、不安でならなかった。助けはいつ来るかわからず、ロケット部分がこわれ、燃料もないので、ここから飛び立つこともできないのだ。

やっと眠ったら、夢を見た。このなんにもない氷の星から逃げられず、ここでとしをとり、おじいさんになってしまった夢だ。

だが、その夢はペロのほえる声で破られた。びっくりして起き上がると、ペロはまだほえている。窓の外にむかって、ワンワンと言っている。

ペロもさびしくて、ほえたのだろうな。ノブオは、そう思いながら、なにげなく窓の外をのぞき、大声をあげた。

「あ、あれはなんだろう……」

はてしなくつづく氷原の上を、なにかが動いている。ノブオは、これも夢のつづきではないかと思った。こんな星に動くもののあるはずがない。

だが、目をこすって見なおすと、たしかになにかだ。黒く丸いものだ。ころがっているのか、すべっているのかわからないが、むこうのほうに遠ざかっていく。

ミキ隊員も起きてきた。

「叫んだりして、どうしたの。なにがあったの……」

「ほら、あれ……」

ノブオは指さした。ミキ隊員も、それを見た。しかし、もっとくわしく見ようと望遠鏡をさがしてきた時には、その黒いものは、もう地平線のかなたに消えてしまっていた。

「あれは、なんだったのでしょう……」

ノブオは言い、ふたりは顔を見合わせ、ぞっとした。氷におおわれて、生物の住めない星なのだ。着陸前に上から見たが、なにもみあたらなかった。

それなのに、いまたしかに動くものがあったのだ。なにものなのか、見当がつかず考えているうちに、からだが、ふるえてきてしまうのだった。

ミキ隊員が言った。

「こうなると、いまのものの正体をつきとめるまでは、冬眠剤を飲むわけにいかないわね……」

救助を待って、眠っているあいだに、そのなにものかに襲ってこられたら、大変なことになる。戦うこともできず、二度と目がさめないことになってしまう。

だが、ガンマ九号はもう、ここから飛び立って、逃げるわけにもいかないのだ。どんな危険な相手でも、たちむかう以外にない。

ふたりは黒い玉の消えた地平線のほうを、ずっとながめつづけた。だが、戻ってくるようすもない。

しばらくすると、その方角で、なにか白いものが立ちのぼりはじめた。ノブオは言う。

「なんでしょう。煙のようだけど……」

「でも、一面の氷におおわれた星よ。燃えるものなんか、ないはずだわ。思いきって行って調べましょう」

ふたりはすぐに出かけることにした。ほかにすることもないのだ。宇宙服に着がえる。ペロは留守番。犬の着る宇宙服がないからだ。

スケートをはき、氷の上をすべるのは、面白かった。しかし、むこうに、なにが待ちかまえているかと思うと、ノブオは胸がどきどきした。

近づくにつれ、それが煙でないことがわかった。ゆげが立ちのぼっているのだ。まわりが寒いので、水蒸気が霧になり、もうもうと立ちこめている。そのため、なにが起こっているのか、さっぱりわからない。

「どうなっているんでしょう」

「勢いよく氷がとけてるようね。火山の噴火か、温泉が吹き出してるような感じだけど、こう突然に起こるとも思えないし……」

しかし、そのうち、ゆげがおさまった。そして、そのあとに想像もしなかったものがあったのだ。

いろいろな品物が並んでいる。宇宙船燃料もあるし、宇宙船を修理するのに使えそうな材料もある。食料らしいものもあるし、わけのわからないものもある。ミキ隊員が言った。

「氷の下から、デパートがあらわれたみたいね。あたしたちの願いが、だれかに通じたようで、まるで夢だわ」

だが、夢ではなく現実だった。手でさわっても消えない。こんなありがたいことはなかった。

そばには、黒い玉がころがっている。直径が一メートルぐらいだった。宇宙船から見てふしぎがったのは、これだったのだろう。

近よってみると、外からではわからないが、なにか精巧なしかけがあるようだった。温度計をくっつけてみると、あたたかい。ノブオは言った。

「どうやら、この黒い玉が氷をとかし、品物を出してくれたようですね」

「きっと、救急用の装置といったものなのかもしれないわ」

「もっとわかりやすく説明してください」

「冷凍食品というのがあるけど、ここには食料ばかりか、なにもかも冷凍してしまってあるのよ。あの黒い玉は、この星になにかがやってくると、近づいてきて調べる。そして、事故にあった宇宙船とわかると、熱を出して氷をとかし、いるものを出してくれるのじゃないかと思うの」

「そうとしか考えられませんね。だけど、なんで、こんなところに作ったのでしょう」

「よくはわからないけど、レーダーにかからない隕石《いんせき》が、このへんに多くて、事故が起こりやすいからかもしれないわ」

ふたりは宇宙船を修理し、燃料や部品をつみこむことができた。食料らしいものも少しもらった。これで出発できる。

「氷の星よ、ありがとう。さようなら」

ガンマ九号は飛び立った。それから、さっき着陸しようとした、あたたかい星へ寄ってみた。あたたかいことはたしかだが、けっしていいところではなかった。

すごい植物がはえている。大きな葉のツタのような植物で、金属をとかす液を出すのだ。ノブオは気がつき、大声をあげた。

「大変です。このままだと宇宙船がやられてしまいます。早く逃げましょう」

どんどん巻きついてくる植物を、光線銃で焼きはらい、ミキ隊員は、ガンマ九号を出発させながら、言った。

「ひどい星だわ」

「むりにここへ着陸せず、氷の星へ行ってよかったですね」

「きびしい宇宙では、どこが運命の分かれ目になるか、わからないものなのよ。連絡を断った探検隊のなかには、ここへおりて死んでしまった者がいるかもしれない。あの植物にやられると、あとかたもなく消されてしまう」

「ええ……」

ノブオは心のなかで、お父さんがそうでなかったようにと祈った。

ガンマ九号は、また宇宙の旅をつづける。ミキ隊員は氷の星でつみこんだ品を調べた。字のようなものがかいてあるのだ。その文字を研究しておけば、いつか、めぐり会うかもしれない、なぞの宇宙人に会った時、役に立つにちがいないからだ。

変な住民

宇宙船ガンマ九号は、あいかわらず宇宙のなかをさまよいつづけている。

「いったい、どこへ行くことになるんでしょう」

ノブオはペロと遊ぶのにもあきて言った。

ミキ隊員は、いままで立ち寄った星々を図面の上でつなぎながら答えた。

「ある方向をめざしていることはたしかなんだけど、あっちへ寄ったり、こっちへ寄ったりしているのよ。なぜこんなことになるのか、さっぱりわからないわ」

進んでみる以外にないのだ。進みつづければ、いつかまぼろしの星に行きつき、なぞもとけるだろう。

ノブオは窓の外を指さして言った。

「あ、また、ひとつ惑星が見えてきました。近よってみましょう」

ミキ隊員は操縦席につき、ハンドルを動かし、それへむかった。上空から見おろしたが、なんということもない。岩ばかりの星で、ところどころに植物が少しはえている。それだけのことだった。

「着陸することもない、つまらない星のようよ。星のまわりを一周して、それで終りにしましょう」

と、ミキ隊員が言った。だが、宇宙船がその星の夜の側、つまり光のあたってない側にまわった時、ノブオは声をあげた。

「あっ、あれはなんだろう……」

「どうしたの」

「なにか光るものがあるんです、なんにもない星なのに。火山の噴火とも思えないし、速力を落してください」

ノブオは望遠鏡でのぞき、暗い地上にそれをみつけた。だが、信じられないような気がして、何回も目をこすった。

それは町だった。いくつかの建物があり、窓にはあかりがともっている。あかりは道をも照らしている。そして、そんな町はそこだけなのだ。

ノブオは、ミキ隊員にも見せた。

「ほら、たしかに町ですよ」

「ほんと、気のせいなんかじゃないわね。これは調べる必要があるわ。でも、あそこにどんな連中がいるか、なにが待ちかまえているかわからない。いま直接に乗りこむのは危険だわ。少しはなれたところにおり、朝になるのを待って近づきましょう」

ガンマ九号は着陸した。あかりのついた町からはなれた、くぼんだ土地へおりたのだ。

その夜、ノブオとミキ隊員は、かわるがわる眠った。町にだれかいるとしたら、宇宙船の着陸を見て、やってくるかもしれない。その警戒のため、ひとりは起きていなければならないのだ。

こんなつまらない星に、どんな住民がいるのだろう。危険なやつなのか、おとなしい人なのか、なにもわからないのだ。

しかし、なにごともなく朝になった。ペロは外へ早く出たがって、うれしそうにほえている。ミキ隊員は、この星の空気を調べた。

「宇宙服なしでも、呼吸にはさしつかえないわ。でも着ていきましょう」

宇宙服は、特殊な合金でできているので、万一なにかに攻撃されても、ふつうの武器なら、それで防げるのだ。ふたりは光線銃を腰につけ、宇宙船から出た。

「たしか、あっちの方向でしたよ」

小さな丘をのぼると、そのむこうに町が見えた。きのうは朝になったら消えてしまう、夢のようなものじゃないかとも思えたが、ちゃんとそこにあった。

ふたりはあらためて驚き、ふしぎがった。こんな岩ばかりで、ぱっとしない星に、町を作り、夜になるとあかりをつける文明をもった住民がいるとは……。

双眼鏡でのぞくと、町の道を歩く人々が見えた。道といっても、それは町のなかだけで、町から外まではのびていない。町の外へ出る道がないというのは、変な感じだった。

しかし、人間らしい住民のいる星に、はじめて、めぐり会えたのだ。すぐに話は通じなくても、そのうち、いろいろなことを聞けるだろう。ノブオは思わずかけだした。ペロもついてくる。ミキ隊員は注意した。

「気をつけないと、あぶないわよ。どんな相手だか、まだわからないんだから」

しかし、近づいていっても、住民は、別に攻撃をしかけてこなかった。むちゃで乱暴な人たちではないようだ。ノブオは大声で呼びかけてみた。

「おおい、みなさん。ぼくたちは地球という星からきたんです。仲よくしましょう」

ペロもいっしょにほえた。歩いている住民たちはこっちを見たが、それだけで、またなにごともなかったように歩きつづける。手も振ってくれないのだ。

「がっかりしちゃうなあ。少しは感激してくれてもいいだろうに……」

ノブオは立ち止まり、あとからくるミキ隊員を待ちながら、町をながめた。四階建てぐらいのビルが三つある。それに、丸いドーム状の建物がひとつだ。住民たちは、建物からつぎつぎに現われ、ドームの入り口に入っていくのだ。働きにでかけているみたいだった。

働くのはいいが、こっちは遠い星からやってきたんだ。歓迎会をやってくれとは言わないが、あいさつぐらいしてくれればいいのに。ノブオは不満だった。

「この住民は、ばかじゃないんでしょうか」

「ばかなら、こんな町は作れないわよ」

「それなら、なにかのワナでしょうか。知らん顔をしているが、ぼくたちが油断して近づくと、わっと飛びかかってくるとか……」

「そんな感じもしないわね」

と、ミキ隊員は首をかしげた。ここの住民たちの身長はみな百六十センチぐらい。制服なのか、黒っぽいぴったりした服を着ている。

ノブオとミキ隊員は、歩いている人にさらに近づき、呼びかけた。

「みなさん、あたしたちは空のかなたから、宇宙をわたってきたのですよ……」

しかし、だれも知らん顔。答えてもくれなければ、笑ってもくれない。そこにいるふたりが、目に入らないかのように歩いていってしまうのだ。催眠術にでもかかって

いるようだ。それとも、寝ぼけているのだろうか。

「ねえ、なんとか言ってくださいよ。来てもらって困るというなら帰りますから……」

ノブオはがまんしきれなくなり、住民のひとりをつかまえ、ゆすぶりながら叫んだ。

そのうち、急にぞっとして悲鳴をあげた。

「あ、つめたい……」

住民のからだがつめたかったのだ。ノブオはこわくなり、腰がぬけたように、ふるえながらそこへすわりこんだ。死んだ人にさわったような気持ちだった。ここは死者の町なのだろうか。死者たちがなにものかにあやつられて働いているのだろうか……。

しかし、ミキ隊員は年上だけあって、落ちついていた。光線銃をかまえながら、住民にさわったり、顔をのぞきこんだりしてから言った。

「わけがわかってきたわ。みんなロボットなのよ。どの歩き方もみな同じでしょう」

そういえば、ここの住民たちは、歩き方ばかりか背の高さも同じだった。ノブオはほっとし、ため息をついた。

「そうだったのか、ああ、びっくりした……」

ロボットとわかったが、調べなくてはならないことは、まだたくさんある。ここでなにをしているのだろう。だれが命令しているのだろう。

ふたりはロボットたちにくっついて、ドーム状の建物のなかへ入ってみた。

ドームのなかには、トンネルの入り口のような穴があり、みなそこへ入ってゆく。そして、その穴からはコンベヤーによって鉱石が送り出されてくる。

ロボットたちは、地下で鉱石を掘る仕事をするように作られていたのだ。だから、それ以外のことにはまるで関心がない。宇宙船が着陸しようが、だれが声をかけようが、少しも感じないのだろう。

穴から出てきた鉱石は、機械によって精錬されてゆく。なにがとれるのだろうと、つぎつぎに機械を調べていくと、金だった。ここは金をとる鉱山だったのだ。

美しく黄色く光る金は、金貨のような丸い形にされ、袋に入れられる。その袋はロボットがトロッコにのせ、ドームの外へ運び出している。

「いったい、どこへ運んで行くんでしょう。そこにはだれがいるんでしょう」

ふたりはあとにつづいて、町の道へ出た。

その時、どこからともなく光線銃がきらめき、ふたりの足もとの地面に命中した。火花が散り、煙が立ちのぼる。ふたりが驚いて立ち止まると、こんどは声がした。

「それ以上さきへ進むな。一歩でも進むと、こんどは、ほんとうにからだをうつぞ」

男の声で、地球の言葉だった。声のほうを見ると、一つの建物の三階の窓から、銃をかまえているやつがあった。

地球人だった。その服装や光線銃から、出発したまま帰らない探検隊のひとりらしい。ミキ隊員が呼びかけた。

「あたし、ガンマ基地のミキ隊員よ。こんなところで、なにをしているの」

「うるさい。ここは、おれがみつけたんだ。倉庫のなかで眠っていたロボットたちを発見し、動くようにし、ここまでしあげたのだ。この町はおれのものだ。金鉱もおれのものだ、ロボットたちもおれのものだ。ここではおれが王さまだ。金はだれにもやらないぞ」

「金など、どうでもいいわ。それより、大切な任務は忘れてしまったの」

「任務がなんだ。おれはここを動かない。金をどんどんためるのだ」

男は叫び、また光線銃をうった。ノブオはあとにさがりながら、ミキ隊員にささやいた。

「金にとりつかれ、頭がおかしくなっているようですね。どうしましょう」

「たしかに、気が狂っているようね。近づいたら、ほんとにうってくるかもしれないわ。といって、頭のおかしくなった隊員を、こっちから、うち殺すわけにもいかないわ。このまま、引き上げましょう。基地へ報告して、あとでなんとかすればいいわ」

ほかにどうしようもないのだ。ふたりはあきらめ、ガンマ九号へ戻った。そして、また宇宙へと出発する。ノブオはいまの星を振りかえりながら言った。

「どうして、ああ金に熱をあげてしまったんでしょう」

ほかに話し相手もない星の上の町。そこで大ぜいのロボットたちを使い、どんどん金をためつづける男。しかし、ためたからといって、使い道はなんにもないのだ。ノブオはふしぎな気分になった。ミキ隊員は言う。

「人類はむかし長いあいだ、金にとりつかれていたのよ。だから、宇宙へ進出する時代になっても、ときどき、あんな人が現われるのでしょう」

「それにしても、あの鉱山とそこで働くロボットを作った宇宙人は、どうしてしまったんでしょう。ぼくたちが行くと、いつも立ち去ったあとみたいだ……」

「そのうち、きっとめぐり会えると思うわ。さあ、スピードをあげるわよ」

ガンマ九号は星々の海へと乗りだした。

ひろった地図

ガンマ九号は、あいかわらずあてもなく飛びつづけている。突然、ベルが鳴りはじめた。ミキ隊員が言う。

「レーダーに、なにかがうつったようよ」

宇宙船の速力をゆるめ、レーダーの示すあたりを望遠鏡でさがしたが、なにも見えない。それなのに、レーダーはそこになにかがあると音をたてつづけている。ノブオは首をかしげながら言った。

「計器のまちがいのようですね。なにしろ計器は、はじめからおかしいんだ」

「でも、いちおう、その場所へ行って調べてみるわ」

ミキ隊員は、宇宙服を着て、ガンマ九号の外へ出た。無重力の空間を泳ぐように進み、そこへむかう。やがて、宇宙船に残っているノブオに無電で言ってきた。

「あったわ……」

「なにがですか」

「それが、妙なものなのよ……」

戻ってきたミキ隊員の手には、一枚の金属板があった。一辺が十センチと二十センチぐらいの四角いものだ。ノブオはそれを見て言った。

「板を横から見てたので、よくわからなかったんですね。しかし、なんでしょう」

「地図のようよ」

その金属の板には、ある星の上の地図らしいものがかいてある。その裏には、その星の位置を示す図がかいてある。

「ぼくたちがさがしている。まぼろしの星は、これなんでしょうか」

「さあ、わからないわ。だけど、そう遠くもないようだし、行ってみましょう」

ガンマ九号は、ふたたびスピードをあげ、そこをめざした。

だが、その星に近づいてみて、ふたりはがっかりした。たいした星ではなかったのだ。岩山の多い、ところどころに植物があるだけの星なのだ。生物がいるかどうかは、おりてみないとわからない。

「文明もないようですね。となると、この地図はなんなのでしょう。宝をうめた場所なんでしょうか」

「さあ、調べてみないと、なんとも言えないわね」

ガンマ九号は、地図の示す地点におりた。着陸するのに適当な、たいらな地面はほかになかったのだ。ノブオは外を指さした。

「地図によると、ここからむこうに進めば、問題の場所に行けるはずですよ」

「出かけましょう」

ミキ隊員とノブオは、ペロを連れて宇宙船を出る。岩の多い丘をいくつも越えて進むのだ。歩きながらノブオが言った。

「笑われるかもしれないけど、さっきから気になっているんです。どこからか、だれかに見られているような気がするんです。気のせいかな……」

「あら、あたしもそうなのよ。変ねえ。見まわしてもだれもいないのに」

ミキ隊員も、ふしぎがった。なんだかきみが悪い。ふたりは、光線銃をかまえながら、注意して進んだ。

そのうち、ふいにペロがほえはじめた。ふたりはびくりとし、足を止め、あたりを見まわす。しかし、なにもいない。

見えない敵が出現したのだろうか。それともペロがどうかしたのだろうか。

ペロははげしくほえつづけている。上をむいてほえているのだ。ノブオとミキ隊員は、それにつられ空を見上げ、驚いた。

ハゲタカをもっと大きく、ものすごくしたような鳥が三羽、襲いかかろうと急降下してきたのだ。急いで、光線銃をそれにむけ、引き金を引く、命中。鳥は、つぎつぎに、むこうの岩かげに、落ちていった。

「ああ、あぶなかった。ペロがほえてくれたおかげだ。まさか上からねらわれるとは思わなかったなあ」

鳥はやっつけた。だが、どこからか見られているという感じは、やはり消えなかった。

ふたりがまた進みはじめ、しばらくすると、空気をふるわせる鋭い音がひびいた。矢が飛んできて、少しはなれた地面につきささったのだ。

「あぶない。早く、その岩かげにかくれましょう」

ミキ隊員に言われ、ノブオは飛びこむように身をかくした。そっとのぞくと、毛皮をまとった原始人のようなものがいる。からだは馬で顔がライオンのような動物にまたがり、弓矢を持っている。しかも、ひとりでなく、たくさんいる。ノブオは呼びかけてみた。

「おおい、ぼくたち、戦うつもりはない。仲よくしましょう」

両手をあげて振ってみたが、その返事のかわりに、また矢が何本も飛んできた。

ミキ隊員は首をすくめながら、ノブオに言った。

「ここでやられるのはいやだし、住民を殺すのもかわいそう。麻酔弾を使いましょう」

それが命中すると、なかの薬の作用で、しばらく眠りつづける弾丸なのだ。ふたりはそれをうった。弓を持った原始人は、つぎつぎと倒れ、動物から落ちる。どんどん飛んでくる矢のなかで、ふたりはうちつづけた。

必死に戦っていると、やがて相手は逃げていった。

「やれやれ、やっと助かった。あれだけ矢を射られて、ぼくたち、よくぶじだったですね」

まわりの地面には、たくさん矢がつきささっている。ミキ隊員は言った。

「ほんと。当らないですんだのが、ふしぎなくらいよ。さて、これからどうしましょう。引き上げましょうか」

「ここまできて、戻るのは残念ですよ。さきへ進みましょう」

ノブオは元気に言った。いまの戦いで自信がついたのだ。ふたりは地図に従って、もっと行ってみることにした。

谷間のようなところを通ると、どこかでぶきみな物音がし、またペロがほえた。身がまえたとたん、岩のむこうからそれが出現した。

むかしの絵にある、竜のようなやつだ。大きなヘビのような形だが、口にはキバがあり、頭にはツノがあり、長いツメのついた手もある。

赤く長い舌を出して息をはくと、煙がこっちへ吹きつけてくる。

「あ、すごいのが現われた……」

ノブオは光線銃をうったが、その怪物はびくともしない。麻酔弾をうったが、それもだめだった。

ノブオは反省した。こうなってみると、宇宙船に戻って出なおしたほうがよかった。しかし、いまさら反省してもまにあわない。怪物の弱点がわかればいいのだが、それを考える時間もない。怪物はどんどん近よってくる。ふたりは追いつめられてしまった。

ノブオは覚悟をきめ、ペロをだきあげて言った。

「おまえはすばやいから、逃げられる。かまわずに行っておくれ……」

しかし、ペロは逃げようとしなかったし、ほえもしなかった。

ノブオが見ると、ペロは口に石ころをくわえているのだ。

ノブオは思わずその石をにぎり、怪物にぶつけた。

それは怪物の目と目のあいだに命中し、そいつは苦しげな声をあげ、逃げていった。

ノブオはほっとする。

「ああ、また助かった……」

「石が相手の急所に当るなんて、運がよかったわね」

「よすぎるようですよ。なにか物語の主人公になったみたいで、話がうますぎる。変な気分です」

「ふしぎねえ……」

地図に示された問題の場所は、もうすぐだった。なにがあるのだろう。ペロがさきへかけだし、安全ですと知らせるようにほえている。ふたりはそこへたどりつき、予想もしなかったものをみつけた。小さな丘の上に、銀色をした四角な装置のようなものがあったのだ。あたりの景色とは似つかわしくない感じだ。

「なんのためのものか、さっぱりわからないわね」

まわりを調べると、細長い穴のあいているところがあった。それを見ているうちに、ノブオは思いついた。地図の金属板を出して、そこへさしこんでみたのだ。

「ほらこれが、ぴったり入ります。なかへ入れてみましょうか」

「こうなったら、なんでもやってみましょう」

ミキ隊員がうなずいたので、ノブオはぜんぶ押しこんだ。ポトリと音がし、なかでカチカチという音がはじまった。

これからなにがはじまるのだろう。こわくて逃げ出したくなるような気持ちだが、また、どうなるかようすを知りたくてならない気分だった。

音がしなくなった。すると、箱の一部が開いて、なにかが出てきた。形は双眼鏡に似ている。ノブオは手にとってのぞいてみた。

「あっ、これは……」

そこには立体映画がうつっているのだ。ノブオたちが宇宙船を出てから、ここへ来るまでの冒険が、そのままうつっている。

大きな鳥をやっつけたり、弓を持った原始人をやっつけたり、竜を石で退治したり……。

もう一度見たいと思ってボタンを押すと、何度でも、それがうつるのだ。ミキ隊員も、のぞいて言った。

「こういうわけだったのね。もしかしたら、この星も一種の遊園地みたいなものかもしれないわ。自分を主人公にした冒険映画を、作っているわけよ……」

ノブオもうなずく。

「だれかに見られているような感じは、かくしカメラで撮影されていたからでしょうね。どうりで、ぼくたちに矢が少しも当らなかった」

「あの動物も住民も、きっとロボットだったのよ。一発も命中しないように、たくさんの矢を射るなんて、ロボットでなくてはできないわ。竜のような怪物は、石を投げれば急所に当るようにできているのよ……」

歩きながら、宇宙船へ戻ったが、途中、もう、なんの事件も、起こらなかった。矢も片づけられている。

ロボットたちが集めてしまいこんだのだろう。そして、つぎのお客の来るのを待ちつづけるのだ。

ガンマ九号は出発する。

「変な星でしたねえ……」

こう言いながらノブオは、自分の活躍する映画を、くりかえしのぞいた。なにも知らずにいっしょうけんめいに戦っている自分がうつっている。ながめると、楽しくてならない。

だれに見せても、本物と思うだろう。すてきな品だ。地球に帰ったら、みんなに見せてじまんしてやるんだ。こんなものを作った、どこかの宇宙人の気持ちがわかるような気がした。

だが、任務をはたして地球に帰れるのは、いつになることだろう。これからさき、どんな危険にめぐり会うか、わからないのだ。

みどり色のネズミ

飛びつづける宇宙船ガンマ九号のなかでノブオは退屈していた。することがないので、窓の外を望遠鏡でのぞいていたが、そのうちミキ隊員に話しかけた。

「ねえ、あの星におりてみましょうよ。運動不足になってしまいますよ。たまには広いところをかけまわらないと」

「寄ってみてもいいわね。でも安全かどうか、よくたしかめてからよ」

そして、その星の上空から、くわしく地上をながめた。海があり陸があり、川がある。草花も咲いていた。

「大丈夫みたいですよ」

と、ノブオが言い、ガンマ九号はゆっくりと着陸した。ミキ隊員は大気を調べる。いままで多くの星で、いろいろと危険な目に会ってきた。だから特に注意するのだ。

「空気中に有害なものはないわ。ここは珍しく安全で、のんびりした星のようね」

ふたりはペロを連れて外へ出た。ひさしぶりにふむ地面は、いい気持ちだ。ペロが変な声でほえたが、ノブオは飛びはねながら言った。

「心配することはないんだよ。上から見たところではなにもなかったし、空気はきれいなんだ。ここで運動して元気をつけよう。さあ、むこうの山の上まで、かけっこしよう」

みなが歌を歌いながら山の中腹まできたとき、ペロがまた、おびえたようにほえはじめた。

ノブオはなにか気になって、うしろを振りむき、目を丸くして大声をあげた。

「あ、大変だ……」

みどり色をしたネズミのような小さい動物が、むれをなしてこっちへやってくるのだ。あたりの草が、ざわざわと音をたてる。

「気持ちが悪いわねえ」

ミキ隊員は、持っていた水筒を投げつけてみた。すると、みどりのネズミはするどい歯でかみつき、たちまちのうちに金属の水筒をぼろぼろにしてしまった。

ふたりは青くなった。ペロもふるえている。ノブオは言った。

「早くガンマ九号に戻らなければ……」

しかし、戻るには、このネズミの大群を越えなければならないのだ。ミキ隊員は首を振って言う。

「こんなにたくさんいては、とてもむりよ。途中でかみつかれ、宇宙服に穴をあけられてしまうわ」

宇宙服には手のひらなど、弱い部分もあるのだ。そんなところをやぶられ、ネズミになかに入ってこられたらと思うと、ぞっとする。ノブオは見まわして言った。

「ほら、この山のもう少し上に、ほら穴があります。あそこに逃げこみましょう」

みなはそこへむかってかけた。ネズミに似た動物は、それほど足は早くない。しかし、数えきれないほどの数で、あとから、あとから、じわじわやってくるのだ。みどり色の波のようだ。

ときどき横のほうからも、ネズミが現われる。それを光線銃でやっつけながら、なんとか穴へたどりついた。ほっとひと息つく。

「やれやれ、おだやかな星かと思ったら、こんなひどい目に会ってしまった。みどり色のネズミでは、上空から望遠鏡で見たぐらいでは、わからないはずですね」

と、ノブオが言うと、ミキ隊員がうなずいた。

「ええ。でも、なぜ着陸したあたりにはいなかったのかしら。宇宙船から離れたところに現われるなんて、運が悪いわ。それともネズミがずるいのかしら」

「宇宙船は、大丈夫でしょうね」

「特殊な金属だから、あれには歯がたたないでしょう。だけど、宇宙船はきずつかなくても、そこまで帰れるかどうかよ」

そう言われ、ノブオはあらためて不安になった。どうやったらガンマ九号へ戻れるのだろう。

ネズミのむれが追いついてきた。ノブオは光線銃の引き金を引く。何匹かが倒れ、ネズミたちは進むのをやめた。しかし、逃げてはくれなかった。

こっちの弱るのをじっと待ち、それから襲ってこようというつもりなのだろう。ミキ隊員はほら穴の奥をながめて言った。

「この穴は行きどまりだわ。穴をくぐってどこかへ行けるかと思ったけど、だめね。でも、奥から変なものが出てくる心配のない点は助かるわ」

何時間かがたった。ときどき、ネズミが近づいてくる。ペロがほえ、それで、ノブオが気づき、光線銃でうつのだ。穴の外の右側のほうは、ノブオが引き受け、左側のほうのネズミは、ミキ隊員が追いはらう。

たくさんのネズミが光線銃で焼かれ、いやなにおいがただよっている。だが、そんなことを気にしてはいられない。うたないと、こっちがやられてしまうのだ。しかし、宇宙船へ戻る方法は、どうしても考えつかない。

そのうち夜になった。二つの明るい月が、つぎつぎにのぼってきたが、ネズミのむれは眠ってもくれない。眠くなったネズミは、ほかのと交代するのだろう。

おなかがすいてくる。ノブオは心細くなってきた。これが猛獣なら光線銃でやっつけることもできるだろう。だが、たくさんのネズミが相手となると、そうもできないのだ。

月の光のなかで、ときどき思い出したように進んでくるやつをやっつけ、追いはらう以外にすることはないのだ。

「どうしたらいいんでしょう」

「わからないわ。これでは手のつけようがない……」

ミキ隊員の声にも力がなかった。ノブオは泣きたくなった。ぼくは、ここで終りなのだろうか。

地球から遠く離れた名もない星で、宇宙船も故障していないのに、ネズミに食べられてしまうなんて、こんななさけないことはない。さがし求めているお父さんにも、会えないまま……。

また、何時間かがたつ。ノブオは眠くなってきた。うとうとすると、ネズミが襲ってくる。ペロがほえ、あわてて目をあけ光線銃で追いかえす。これを何回くりかえしたことだろう。戦う相手はネズミだけでなく、ねむけでもあるのだ。

しかし、ますます眠くなってくる。眠ってはいけないんだ、眠ったらおしまいなんだとはわかってはいても、どうしようもない。

ノブオはがまんしきれなくなった。目のとどくところのネズミを光線銃でやっつけたとたん、頭がぼんやりした。にくらしいネズミたちめ、お父さん……。

そのとき、お父さんの姿が現われた。

ノブオは眠ったような気分のなかで、その姿に話しかけた。

「あ、お父さんだ。しかし、これは夢にちがいない。そうなんでしょう」

お父さんの姿が答える。

「その説明より、ネズミのほうがさきだ。そのほら穴のなかを、よくさがしてごらん。どこかに笛があるはずだ……」

「笛ですって……」

その時、ペロがほえ、ノブオの腕を軽くかんだ。またネズミが近づいてきたのだ。

ノブオはわれにかえり、光線銃でうつ。

「あ、いまのは夢だったのか……」

ノブオが言うと、ミキ隊員が聞いた。

「どうかしたの。笛とか叫んでいたようだけど……」

「いま、お父さんの夢を見たんです。しかし、ふつうの夢とは、どこかちがうようでした。ちょっとネズミのほうをたのみます……」

ノブオは小型電燈をつけ、穴のなかを調べてみた。するとどうだろう。出っぱった岩の上に、銀色をしたかたい金属製の笛が、いくつかおいてあった。

「あ、あった……」

ノブオはそれを吹いてみる。あまり感じのいい音ではない。宇宙船の噴射音みたいなものだ。

しかし、その時、いままで穴の外にがんばっていたネズミのむれが、いっせいに、逃げはじめたのだ。それを見てミキ隊員が言う。

「その音をネズミはきらいなようね。ネズミをおびきよせる笛の話は、むかしの童話にあったけど、それは追いはらう笛っていうわけね。おかげで助かったわ。でも、どこからそれを持ってきたの。なぜ、そんなものが手に入ったの……」

ノブオは夢のなかで、お父さんに会い、笛をさがすように教えられたことを話した。

ミキ隊員は首をかしげた。

「ふしぎねえ。あまりはっきりしすぎていて、ただの偶然とも思えないわ。なにかわけがありそうよ。穴のなかを、もっと調べてみましょう」

この笛が手に入ったからには、もうあわてることはないのだ。近づいてくるネズミもあるが、笛を吹くと急いで逃げていく。

あたりをくわしく調べると、岩かと思っていたところが戸のように開き、そこに大きな装置があった。

それについているダイヤルを、ノブオはいっぱいにまわした。

それから、お父さんのことに、精神を集中してみた。すると、またもお父さんの姿が、頭のなかに浮かんできた。ノブオは言う。

「おかげで、ネズミたちを追っぱらうことができました。しかし、ここにある装置はなんなのでしょうか。なぜ、お父さんの姿が頭に浮かぶんでしょう」

お父さんの姿が答えた。

「高度な文明の産物なのだ。しくみはわからないが、考えたことをそのまま、遠くの人に伝えるものらしい。電話やテレビより、はるかに進んだ装置だ。さっき、ノブオがそこで、わたしのことを念じ、ネズミからの助けを求めた。それが装置によって、こっちへ伝えられたのだよ」

「そうだったのですか。では、お父さん、元気なのですね。いま、どこにいらっしゃるんですか」

「ああ、元気だとも、ここの場所は……」

ノブオの頭のなかに、その星の位置が伝わってきた。ここからそう遠くない場所だ。しかし、その送られてくる通信が、やがて乱れはじめた。ノブオは心配して聞く。

「お父さん、どうなさったんですか」

「ここは危険なのだ。おまえは来てはいけない。あぶない……」

それで、あとはとぎれてしまった。ノブオはミキ隊員に、このふしぎな通信のことを話した。

この装置を宇宙船に運ぼうとしたが、重いし、いじったら内部が狂いそうなのでやめた。

ほら穴を出て、ガンマ九号にむかう。途中は笛のおかげで、ネズミたちも近よってこなかった。

ノブオは言う。

「着陸した時、まわりにネズミのいなかったわけがわかりましたよ。噴射音のような音を、ここのネズミがきらいなんですね」

ふたりはガンマ九号を出発させる。お父さんのいる星をめざすのだ。

危険だから来てはいけないと注意されたが、そのまま帰るわけにはいかないのだ。

お父さんを助け、なぞをとかなければならないのだ。

お父さん

ガンマ九号は、スピードをいっぱいにあげて飛んでいた。だが、ノブオはのろくてしようがないような気分だった。お父さんに早く会いたくてたまらないからだ。

また、気になるのは、ふしぎな装置による、お父さんからの連絡にあった言葉だ。あぶないから来てはいけないという。

「なにが危険なのでしょう」

「さあ……」

と、操縦席のミキ隊員も首をかしげた。行ってみなければわからないことなのだ。

やがて、めざす星が近づいた。速力をゆるめながら、そのまわりをまわる。ノブオは望遠鏡で熱心に地上をながめた。この星にお父さんがいるのだ。そのうち、叫び声をあげる。

「変な星だなあ。どうして、こうなっているんでしょう」

「どうなっているの」

「ここは、わりと小さな星で、公園のようにきれいなんです。ところどころに湖水があり、森があり、滝があり、野原がある……」

「それならいいじゃないの」

「だけど、めちゃくちゃに荒れはてたところもあるんです。地面の三分の一ぐらいは、みにくく焼けただれているんですよ」

ミキ隊員は望遠鏡をのぞいて言った。

「ほんと、ふしぎねえ。それに、お父さんの宇宙船も見あたらないし……」

「うまく、さがせるでしょうか」

と、ノブオは悲しそうな顔をした。星の上をくまなく調べるのは、大変なことなのだ。しかし、ミキ隊員は言った。

「大丈夫だと思うわ。宇宙船のそとに電波反射器を持ち出していればね。それは、こっちから電波を出すと、波長を少し変えて反射する小さな装置なの。だから、それをレーダーで調べればいいのよ。やってみましょう」

ミキ隊員は電波を出した。ノブオは、じっとレーダーを見つめた。やがて、ぽつんと光の点が現われた。

「わあ、反射があった。あそこだ……」

ガンマ九号は、そこをめざして着陸した。おりたところは、花の咲いている野原だ。鳥が飛んだり、チョウが舞ったりしている。

しかし、少し離れたところからむこうは、草が一本もはえていない。黒こげの岩ばかりの地面がつづいている。そのちがいが、あまりにはっきりしていて、ぶきみな感じだ。

「お父さん、どこですか。ぼく、ノブオですよ……」

ノブオは大声をあげた。そして、耳をすませて返事を待った。胸がどきどきする。ペロもほえはじめたが、頭をなでてだまらせた。答えを聞きのがしたら困るからだ。

「ここだよ……」

どこからか声がした。なつかしいお父さんの声だ。ノブオはからだじゅうの力がぬけていくようで、草の上にしゃがんでしまった。お父さんは元気だったのだ。この日をどんなに待ったことだろう。

声のほうをむくのがこわいようだ。そのとたん、なにもかも夢のように消えてしまうのじゃないかと思えたのだ。

しかし、思いきって顔をこっちにむけた。野原の遠くのほうに、古いお城のような建物があった。その塔の上でハンカチを振っている人がいる。その手の動かしかたで、ノブオにはすぐわかった。ほんとにお父さんなのだと……。

ノブオは声が出なかった。かわってミキ隊員が叫んでいた。

「いま、そっちへ行きますよ……」

童話に出てくるようなお城だった。そのなかで、ノブオはお父さんにだきつき、しばらくは動かなかった。やがて、お父さんは言った。

「こんなところで、ノブオに会えるとは思わなかったよ」

「お父さんも、ぶじだったのですね」

「ああ、いろんな事件に出会ったが、いまのところは元気だ。しかし、問題はこれからだよ。ここへ来るなと言っておいたのに。わたしたちは、この星からぶじに帰れるかどうかわからない」

「モリ隊員、それはなぜなのですか」

と、ミキ隊員が言った。モリ隊員とは、ノブオのお父さんのことだ。

「おそるべきやつらが攻めてくるんです」

「なぜ、こんなおだやかな星が……」

ミキ隊員が聞くと、モリ隊員が話しはじめた。

＊

……わたしはガンマ基地を出発してから、ほうぼうの星をめぐった。いろいろな出来事があったが、それはいずれゆっくり話そう。

宇宙船の計器のみちびくままに飛びつづけ、しばらく前にこの星へきたのだ。いごこちのいい星なので休養もとりたかったし、だれがこのような美しい星にしあげたのか調べようとも考えたからだよ。

だが、その時なのだ。なにが起こったと思う。突然、丸い形の宇宙船が、何台も空に現われたのだ。もちろん、地球のものではない。

赤っぽい毒々しい色で、ギラギラ光っている。見ていていやな気分になるものだ。ふしぎだった。この星には、攻撃しなければならないものは、なに一つないはずだ。しかし、攻撃がはじまったのだ。

どうやら、やつらにとっては、理由などどうでもいいのだろう。攻めてぶちこわす

ことが、面白くてならないらしい。そんな感じなのだ。この星を美しくした宇宙人とは、べつな宇宙人なのだろう。

ひどいものだ。むちゃくちゃなのだよ。やつらは着陸し、丸い形の宇宙船で地上をころがるように動きまわる。それはものすごい高熱を出し、草や木を焼きはらい、川や湖をひあがらせてしまう。あまりのことに、わたしはとめようと思った。

「そんなことをしてはいけない……」

と、電波や音波を使って呼びかけてみた。しかし、なんのききめもない。呼びかけが通じなかったのでもないらしい。なぜなら、返事のかわりに、こっちへむかってきたのだ。

やつらにとっては、自分たち以外は、みな敵なのだ。どんなかっこうの宇宙人かわからないが、きっと悪魔のような顔だろうな。

このままでは、やられてしまう。わたしは宇宙船を逃げ出し、やっと助かった。わたしの宇宙船はたちまち焼かれ、とかされてしまった。ものかげから光線銃をうってみたが、とても歯がたたない。

それからは苦しい毎日だった。焼け野原にひそんでいれば、やつらの攻撃からは安全だ。だが、食べ物や水に困る。まだ焼きはらわれていない土地にいれば、くだものなどが手に入る。しかし、そのかわり、いつ、やつらが襲ってくるかわからないのだ。あっちへ逃げたり、こっちに逃げたりで、くたびれてしまう。だが、攻撃をかわし、うえ死にしないためには、そうしなければならなかったのだよ。

この星には、ほうぼうにこのようなお城がある。その地下室にかくれている時、れいの装置を発見した。考えたことを、そのまま通信できるものだ。

そして、ノブオからの呼びかけを受けとった。

あのネズミの星には、わたしも着陸して調べたことがあった。その時は動物を追いはらうガスを持って出たので、やられないですんだのだ。調べているうちに、ほら穴のなかに笛のあるのを見つけた。ネズミを追いはらう音をだす笛だ。だから、ノブオに知らせることができたのだよ。

話が笛のほうにずれてしまったな。

丸い宇宙船のやつらは、その時もあばれまわっていた。美しいものをこわすのが、楽しくてしょうがないらしいのだ。

しかし、そのうち、飛び立って帰っていった。だが、これで終りというわけではないようだ。どこかへ戻って燃料を補給し、またやってくるにちがいない。

しかし、わたしの宇宙船はやられてしまっている。帰ることができない。助けにきてもらいたいが、そんな時にやつらが攻撃に戻ってきたら、どうしようもない。

危険だから来るな、と言ったのは、そのためだよ……。

＊

ノブオのお父さんのモリ隊員の話は、こんなふうだった。ミキ隊員は目を丸くして言った。

「ひどい連中なのね。では、早いところ、この星から離れましょう。わたしたちが全滅しては、基地への報告ができなくなるわ」

しかし、その時、どこからともなくキーンという音がひびいてきた。モリ隊員はがっかりした声を出した。

「いや、もうまにあわない。やつらが、戻ってきたらしい。あの音がそうなのだ」

みなが城の外へ出てみると、丸い形のものが何台も空を横ぎっていた。まだ焼きはらっていない土地をみつけ、そこへ着陸しようというのだろう。ギラギラ光って、ながめていると気持ちが悪くなる。

ノブオが言った。

「ガンマ九号も、やられるんでしょうか?」

「そうなるかもしれない。やつらは、見さかいがないのだ。焼けあとの谷にでもかくせばいいかもしれないが、もうまにあわない。飛び立って逃げるのも、いまは危険だ」

「どうしたらいいでしょう……」

「いまは焼けあとに逃げるしかない。さきのことは、あとで考えるとしよう」

みなはかけだそうとした。しかし、それもおそすぎた。あたりの温度が急に高くなったのだ。野原のむこうから、やつらの宇宙船がころがってくる。すごい熱をまきちらし、草も木も燃えてしまう。

モリ隊員が言う。

「だめだ。お城にかくれよう。地下室なら、もしかしたら熱もとどかないかもしれない」

みなはお城の地下室に逃げこんだ。はじめはすずしかったが、だんだんあつくなる。汗が流れ出してくる。息も苦しくなる。

だが、地上には逃げられないのだ。そんなことをしたら、たちまち焼きはらわれてしまうのだ。

「ああ、あついなあ……」

と、ノブオが言った。ぐったりしていたペロが、ふいに起き上がった。そして、壁についているかざりにとびついた。金属でできた花の形をしたかざりだ。

ギーッという音がしはじめた。どこからか、すずしい空気が出てくる。見まわすと、それは部屋のすみの床からだった。

床に穴があいたのだ。地下道なのだろうか。みなはそこに入る。石段がついていて、入り終ると、上のほうでふたがしまった。

奥にどんな危険が待ちかまえているかわからないが、いまのままよりはいいのだ。地下の道にはあかりがともっており、しばらく進むと大きな部屋があった。

「すごいなあ……」

ノブオをはじめ、みんなは驚いた。なんのためのものかわからないが、すばらしい装置が、壁いちめんに、並んでいるのだ。しかし、いまは、あつさから助かったことでほっとし、装置を調べるどころではなかった。

「これから、どうなるの……」

と、ノブオが言ったが、だれも答えなかった。わかりっこないのだ。なにか言えば、がっかりした気分が強まるにきまっている。その時、どこからともなく声がした。

「みなさまがた……」

だれもがおたがいの顔を見た。しかし、声を出した者はいなかった。だが、気のせいでもない。まぼろしのような声が、また話しかけてきたのだ。

「みなさまがた……」

戦いのボタン

ここは地球からはるか離れた星だ。人類が訪れたのも、いまがはじめてにきまっている。そこで逃げこんだ地下室。こんなところで、突然話しかけられたのだから、みなはびっくりした。ノブオは叫んだ。

「いったい、だれなのです。どうしてぼくたちの言葉を知っているのです」

「みなさまがた、わたしはここにある装置です……」

と、またも声がした。装置には小さなスピーカーがついており、声はそこから出ていた。人間の声とは少しちがう。しかし、なぜこんな装置があるのだろうとふしぎがっていると、声は話しつづけた。

「……みなさまがたは、地上のようすをごらんになりたいでしょう」

それと同時に壁が明るくなり、地上の光景がうつし出された。地上のどこかにテレビカメラがあり、それが送ってくるのだろう。

地上では丸い宇宙船があばれまわっている。森だろうが、湖だろうが、お城だろうが、そのへんにあるすべてを焼きはらっている。ノブオのお父さんのモリ隊員が言った。

「ひどいものだろう。ずっと、あんなぐあいなのだ」

「むちゃくちゃね……」

と、ミキ隊員は顔色をかえた。すると、装置がまた声を出した。

「いちばん上にある赤いボタンを押してみてください……」

この装置の正体がなんなのかわからないが、ノブオは、そのとおりにした。地上のすごさに驚き、なにかしなければいられない気分だったのだ。壁にうつる光景をながめていると、半分こわれたお城の門から、人影が現われた。三人だ。だれも、両手を上にあげて振り、もうやめてくれという身ぶりだった。モリ隊員が思わず叫んだ。

「あ、だれだか知らないが、あんなむちゃをする。やられるにきまっている。早くとめなくては……」

外へかけだそうとするのを、装置の声がとめた。

「いいのです。あれはロボットなのです。いま押していただいたボタンによって、ああいうふうに出ていったのです。どんな目に会わされるか、ためすためです……」

「なるほど……」

みなは見つめていた。丸い宇宙船は、その三つのロボットにもたちまち襲いかかった。近づいてきて、赤い輝きをさらに強くしたのだ。ロボットはとけてしまった。ロボットとわかっていても、いい気持ちではなかった。

「外へ出ると、ああされてしまうのだ」

と、モリ隊員が言い、ノブオはふるえた。

「宇宙には、あんなひどいやつらもいるんですね。降参しても、やっつけられてしまう。もしあんなのが地球へ攻めてきたら、どうなるだろう……」

壁にうつる光景を見ていると、赤く丸い宇宙船の一つは、ガンマ九号のほうにも進んでいる。ミキ隊員は言った。

「あ、あたしたちの乗ってきたガンマ九号がやられてしまうわ……」

ガンマ九号は丈夫な金属でできている。だが、丸い宇宙船はそれを押し倒し、高熱を発射した。そのため、ついにガンマ九号もとけはじめ、煙が出た。なかにあるものはみんな焼けてしまったのだろう。ペロが悲しそうな声でほえた。

「ああ、とうとう……」

ノブオはそこまでしか声が出なかった。ずっと乗ってきて、なかで生活していた宇宙船だ。自分の家のような気持ちにもなっていたのに、それが焼かれてしまったのだ。悲しいことだし、もっとひどいことなのだ。もう地球へ帰れない。この星から飛び立つことができないのだ。

ここが住みよい星ならまだいい。しかし、この星は焼け野原になりつつある。いま命が助かったとしても、食べ物がない。やがては、うえ死にしなければならないだろう。

「みなさまがた……」

と、また装置がゆっくりした声を出した。ノブオは、なにをのんきなことを言ってるんだい、と怒りたくなった。しかし、がまんした。悪いのは丸い宇宙船のやつらで、この装置ではないのだ。装置は言った。

「……やつらをやっつける方法がわかりました。さっきのロボットが、熱でとけてしまう少し前に、相手の熱線の種類や強さを通信してきたのです」

「いまになって教えてもらっても、まにあわないよ。だけど、どうすればいいんだい」

と、ノブオが聞くと、装置の声が答えた。

「冷凍弾を命中させるのです。つまり、相手を急につめたくしてやるのです」

「そんなこと教えてもらっても、どうしようもないよ。それとも、それを出してくれるというのかい」

「はい、このさらに下にある倉庫にあります。二番めの赤いボタンを押してください。それが発射され、敵を全滅させることができます」

「それなら、もっと早く自動的に発射していればよかったのに。この星がこんなにやられないですんだはずだよ。ぼくたちのガンマ九号だって、ぶじだったはずだ」

「装置は調べたり計算したり報告したりするのが役目なのです。戦いをはじめるには、だれかにボタンを押していただかなくてはなりません。どうなさいますか」

これは戦いなのだ。ノブオとお父さん、ミキ隊員は相談した。戦いをはじめるかどうかを、よく考えてきめなければならない。かっとなって、簡単にきめてはいけないのだ。

相談は、ボタンを押すことにきまった。丸い宇宙船を、このままにしておくと、やつらはいい気になって、また別な星を襲うにちがいない。そして、理由もなにもなく、そこを焼け野原にしてしまうのだ。

ここでやっつけるべきなのだ。ノブオのお父さんがボタンを押した。みな壁にうつる地上の光景を見つめた。ほんとにやっつけることができるのだろうか。

地面のところどころから、小さなミサイルが飛び出した。キラキラ光っている。相手の出している強い熱線を、その表面で反射してしまうのだ。

そのため、とけてしまうこともなく丸い宇宙船に近づき、命中した。そのとたん、敵はこなごなに砕け、爆発した。高熱になっていたのが急にひえたので、内部のしかけが狂ったのだろう。

「やった……」

と、みなは叫んだ。丸い宇宙船はつぎつぎに爆発する。急いで飛び立って逃げようとしたのもあったが、冷凍弾のミサイルが追いつき、やっつけた。

みなは地上へ出てみた。あたりは焼けあとだらけで、ひどいものだった。だが、もうどこにも赤く丸い宇宙船はいない。キーンという飛ぶ音もしない。全滅したのだろう。ノブオは思わず両手をあげ「ばんざい」と叫んだ。

それから、ガンマ九号のあった場所に行ってみた。そこにはとけた金属が少し残っているだけだった。ミキ隊員が言う。

「こんなになっちゃったのね……」

ノブオは忘れかけていたそのことに、あらためて気がついた。敵をやっつけていい気持ちになっている場合ではないのだ。また悲しくなってきた。

「もう、どうしようもないんですね」

するとお父さんが言った。

「その覚悟をしなければならないかもしれないよ。いや、宇宙で働く者は、だれもずっと覚悟のしつづけなのだよ。しかし、最後までできるだけの努力はしてみなければならない」

「なにか、まだ方法があるんですか？」

「地下室にあった、あの装置のことだ。あれはいろいろなことを知っている。冷凍弾を発射して敵をやっつけもした。もしかしたら、なにか知恵をかしてくれるかもしれない」

「そういえばそうですね」

ノブオは、ほっとした。そして、すぐ喜んだり、がっかりしたりするぼくは、やはり子供なんだなあと思った。

だが、あの装置は力をかしてくれるだろうか。なぞの装置なのだ。だれが作ったのかも、なぜぼくたちの言葉を知っているのかもわからないのだ。

みなはまた地下室へ戻り、装置の前に立った。まずお礼を言う。

「おかげで、ひとまず助かったよ。どこの星から攻めてきたやつらかは知らないけど」

装置の声が答えた。

「あれはブキル星のやつらでした。これまでにも、ほうぼうの星で同じようなことをやってきています。ごらんになりますか」

壁にうつっている光景が変った。やつらはどんな星に着陸しても、あばれる以外は知らないらしい。それらの記録が、つぎつぎとうつし出されたのだ。ミキ隊員が言う。

「ほんとうにひどいのね。あなたは、こういうのを見ても、なんとも思わないの」

「わたしは装置ですからなんとも感じません。非常にむだなことであるとの計算はいたしますが」

「いまの光景は本物なんでしょ」

「はい、ほうぼうの星にしかけたかくしカメラがうつしたものです。それが電波で、ここまで送られて記録されたのです。ついでに、もうひとつ、別な記録をごらんください……」

ちがった光景がうつし出された。それを見て、みなは驚きの声をあげた。

「あ、これは……」

ガンマ星の基地を出発し、ほうぼうの星に着陸した地球人の探検隊がうつっているのだ。自動装置のある星で、お酒を飲んで酔っぱらっている隊員たちのうつっているのがあった。そのなかには、ノブオたちがうつっているのもあった。恐竜のいる星で逃げまわっているところもあるのだ。みなは感心した。なんとすごい装置なのだろう。これなら、地球の言葉だって知っているはずだ。ノブオのお父さんが言った。

「こんなふうにうつされているとは思わなかった。それにしても、ブキル星人と地球人とは、まるでちがうなあ。かたほうは見さかいもなく焼きはらうばかり。それにくらべると、地球人のほうは、だらしないのもいるが、まだしもましだな」

ノブオが口を出し、装置に聞く。

「なぜ、このような手間のかかることをしているのです。この装置はだれが作ったのです。ぼくたちが基地を出発してから、ずっとふしぎなことばかりでしたが、ここと関係があるんですか」

「それらについては、お答えできません。もう少しさきの星にいらっしゃってください。そこでおわかりになるはずです」

「そんなこと言われても、ぼくたちの宇宙船はやられちゃったんだよ。行きたくてもだめなんだ」

「ここの地下の倉庫にある宇宙船を出してさしあげます。あなたがたにも動かせるものです。ここの青いボタンをお押しください」

ノブオは押した。やがて、地上に一台の宇宙船が出現した。いかにも性能のよさそうな形だ。みなはそれに乗りこむ。お父さんが言った。

「いよいよ、まぼろしの星にむかうというわけか。だれがそこにいるのだろう。どういうつもりで、こんなことをしたのだろう……」

さよなら

新型の宇宙船はスピードをあげて飛びつづけた。乗りごこちはよかった。ノブオはペロといっしょに、なかを見てまわった。ガンマ九号とちがうので、珍しかったのだ。

「どこへむかっているのでしょう」

とノブオが言うと、お父さんのモリ隊員が答えた。

「さっきの星の装置が教えてくれた星へだよ。そこへ行けば、すべてのなぞがとける」

「それなら、めざす星の位置を、もっとよく聞いておいたほうが、よかったんじゃないでしょうか。まいごになったら大変ですよ」

「それもそうだな。あきらめかけていたところへ、脱出するための宇宙船が思いがけなく手に入り、いい気になって飛び立ってしまった。一回戻って、よくたしかめて出なおしたほうが安全かもしれない」

モリ隊員は操縦席にすわり、ハンドルやダイヤルをいろいろに動かした。しかし、宇宙船は進む方向を変えなかった。モリ隊員は困ったような声で言った。

「カジがきかない。きっと、長いあいだ使われずにあった宇宙船なので、部品が故障しているのかもしれない。だが、修理するとなると、どんなしかけなのかをまず調べなければならないから、やっかいだぞ。しかも、飛びながら、やらなくてはならないのだ」

聞いているうちに、ノブオは心配になってきた。さっきの星へ戻ることもできず、いつまでも、このまま飛びつづけることになるのだろうか。最後はどうなるのだろう。

窓の外をながめていたミキ隊員が言った。

「あら、前のほうに星が見えるわ。このままだと、あそこに着くようよ」

「どんな星ですか」

「あんまりいいところじゃなさそうだわ。白っぽい雲につつまれていて、地表のようすはよくわからないわ。呼吸できない空気のようよ。つまり、生物は住めない星のようよ」

ミキ隊員は反射光線のスペクトルを調べて報告した。しかし、そんなことにおかまいなく、宇宙船はその星にむかうのだった。ノブオはペロをだきしめて、ふるえ声を出した。

「もう引きかえせないんでしょ。それで、ぶじに着陸できるんでしょうか」

「わからない。しかし、ここまできたら、覚悟をきめて、この宇宙船を信用しよう」

お父さんがはげました。宇宙船はまっしぐらにその星にむかい、上空の雲につっこんだ。ノブオは思わず目をとじた。ブレーキがこわれていたら、これで終りなのだ。

しかし、そのまま地面にぶつかりはしなかった。宇宙船は速度を落し、静かに着陸した。すべてが自動操縦になっていたのだろう。そうわかってほっとしたが、ノブオのからだは、まだふるえていた。

宇宙船のなかのスピーカーが言った。

〈みなさま、やっと着きました。外へお出になってください。いまドアをあけます〉

ノブオは、それならそうと早く知らせてくれればいいのに、つまらない心配をしてしまったと思った。だが、ミキ隊員が気づいて大声で叫んだ。

「大変だわ。外は、呼吸できない空気なのよ。宇宙服をつけなければだめだわ。どこにあるのかしら」

みなは急いで、あたりをさがした。しかし、どこにも見つからない。そんななかで、ドアは小さな音をたてて開きはじめた。手で押えたぐらいではだめだった。

ノブオは息をとめ、宇宙船のなかをさがしまわった。だんだん苦しくなってくる。だが、ここの空気を吸ってはいけないんだ。

といっても、呼吸をしないで、何分もがまんしてはいられない。宇宙服はみつからない。ああ、もうがまんできない。

ふとペロを見ると、元気にほえている。ペロが死なないんだから、大丈夫なんじゃないのかな。

ノブオはこわごわ、少しずつ息をしてみた。なんともなかった。それどころか、すがすがしい味の空気だった。

「呼吸しても大丈夫ですよ」

ノブオは大声をあげた。お父さんも、ミキ隊員も深呼吸をした。

「ほんとだ。上空のほうと地上とでは、空気の成分がちがっているのだな。まったく、人をはらはらさせる宇宙船と星だな。これでひと安心だ。さて、外はどんなだろう」

みなは宇宙船のドアから外へ出た。

空は白っぽく明るかった。ほどよい気温で、地上には色とりどりの花が咲いていた。少し遠くに町が見える。

青いガラスのようなもので作られたビルが並んでいる。なにもかも美しい。ノブオは言った。

「あそこには、どんな人たちが住んでいるのでしょう。早く会いたいな。行ってみましょうよ」

その時、町のほうから一台の乗り物が飛んできた。スマートなボートのような形で、それが空中を音もなく泳ぐようにやってきて、宇宙船のそばに止まった。操縦者はいないが、お乗りくださいという感じだった。

みなはそれに乗りこんだ。すると、乗り物は動き、町へむかった。

町は物音ひとつなく、人影も見あたらなかった。ここの人びとは、どうしているのだろう。この、迎えの乗り物をよこした人が、いるはずなのに。

乗り物は、町の中央の建物の屋上についた。おりて少し歩くとドアがあった。それは近づくにつれてしぜんに開いた。入るとエスカレーターが動きはじめ、みなをなかへと案内した。

「どこへゆくんでしょう」

「さっぱりわからないわ」

やがて、広い部屋へとみちびかれた。やわらかい椅子があり、みなはくたびれていたので、それに腰かけた。部屋の壁のほうには、なんのためのものかわからないが、金色の装置があった。そして、その装置が声を出した。

〈みなさまがた、この星によくいらっしゃいました〉

前に寄った星の装置も声を出した。だが、それとくらべて、ここの装置の声には感情がこもっているように思えた。心から歓迎しているようだ。

「わたしたちには、どういうことなのか、さっぱりわからない。説明してください」

と、モリ隊員が聞くと、金色の装置は答えた。

〈いたしましょう。ぜひ聞いていただきたいことなのです。ここはミルラという星です。わたしたちここの住民は、長い歴史を持ち、高い文明を築きあげました。そして、宇宙にも進出し、いくつもの星々に発展しました。みなさまがたがお寄りになり、それらをごらんになったはずです〉

「あれは、あなたがたが建設なさったのでしたか」

と、ノブオが言った。遊園地のような星があった。なれた恐竜のいる星もあった。ロボットが金を掘り出す鉱山の星もあった。よほどの文明がないと、あんなふうにはできないはずだ。

〈そうなのです〉

と、装置が言い、ノブオは質問した。

「しかし、あなたがたの姿は、どこにも見かけなかった。住民のみなさんは、どうなさったのです」

〈そこなのです。わたしたちは栄え、多くの星々に広がりました。すばらしい、いい時代でした。しかし、やがて人口がへりはじめました。種族の寿命というものかもしれません。宇宙には、科学をもってしても、どうしようもないことがあるのです〉

「それで、どうなさったのですか」

〈みな、このミルラ星へ戻ってきました。ばらばらに住んでいてはさびしいのです。そして、年月がたちました。でも、人口はへりつづけます。わたしたちは、最後が近いことを知りました。だが、いままで築いた文明を、このまま終りにしてしまうのは、あまりにもったいない。だれかにあとを引きついでもらいたいと思いました〉

ノブオはうなずいた。

「それはそうでしょうね。その気持ちはわかります」

〈わたしたちは、ひとつの方法を考え出しました。小さく精巧なしかけをつくり、宇宙の星々にむけて発射したのです。ふつうの装置の動きを狂わせる性能のあるものです〉

「ガンマ基地のさわぎも、それが原因だったのですね。おかげで、大変めいわくをしましたよ」

そのせいだったのか、ガンマ基地では、すべてが狂って、大さわぎだった。そのため、原因を調査しようと探検隊がつぎつぎに出発したのだ。

金色の装置の声は、ていねいにあやまった。

〈その点はお許しください。異変を調査するための宇宙船に、飛び立ってもらいたかったのです。そうしないと、ここへ呼び寄せることができません。そして、その途中、以前わたしたちの住んだり遊んだりしていた星々へ寄っていただいたというわけです〉

モリ隊員が文句を言った。

「しかし、なぜまっすぐここへ呼び寄せなかったのですか。おかげでずいぶんこわい思いをしましたよ」

〈その点もがまんしてください。あなたがたがどんな性質なのか、そのです。つまり試験です。わたしたちがせっかく築いた文明をお渡しら、変な人では困るのです〉

「ほうぼうの星でどんな行動をするのか、テレビでながめて調べたというね」

〈そうです。いじわるな方法ですが、しかたなかったのです。ここをめざしたのは、あなたがただけではありません。なかには、むちゃなのもいました。そんなのに文明を渡したら、大変なことになってしまいます〉

「そうでしょうね」

みなはうなずいた。赤く丸い宇宙船で、あばれまわる宇宙人のことを思い出したのだ。あの連中だったら、文明をこわすか、悪用するかだろう。

〈あなたがた地球人が、わたしたちの望む理想的な人だとは申しません。しかし、ほかのにくらべるといちばんましです。だから、わたしたちは文明を、あなたがたにお渡しすることにしたのです〉

「合格なんですね」

と、ノブオが言った。とてもうれしかった。

〈そうです。あとを引きついでください。この建物のなかには、いろいろな分野の学問の記録があります。星々の資源をしるした地図もあります。いいほうに役立たせてください〉

ミキ隊員が思い出したように質問した。

「ガンマ星の異変も終るのでしょうね」

〈ええ、もうその必要がありませんからね。いま、ボタンを押します。それで異変は終ります。では、みなさん、あとをよろしく。さよなら。わたしはただひとり、この時を待ちつづけた。これで重荷をおろした気分です〉

装置から機械の腕がのび出し、ボタンを押した。モリ隊員が聞く。

「あなたはどこにおいでなのですか。こんなすばらしい文明をゆずっていただき、わたしたち地球人は感謝しきれない気分です。お会いしてお礼を申し上げたいのです」

しかし、もう装置はなにも答えなかった。それでも、みなはあきらめなかった。装置に近づいて調べ、そこから出ている電線をみつけた。それをたどって、建物のなかを歩いた。このさきには、その住民がいるはずなのだ。

そして、地下室に行きついた。だが、そこにも住民はいなかった。台の上に透明容器があるだけだった。なかには液体があり、そのなかに白っぽいものが

ノブオが言い、お父さんが説明した。

「たぶん、このミルラ星の住民の、最後のひとりの脳だろう。文明をゆずる相手をみつけるまでは死ぬわけにいかない。そこで、脳だけこうやって生きつづけ、装置と連絡してようすを知りながら待ちつづけたのだ」

容器のなかの液体は、一本のパイプで流れこみ、もう一本のパイプで流れ出ていた。だが、その流れがゆるやかになり、やがて止まった。

「あ、これではだめになってしまう」

「おそらく、さっきボタンが押されたので働きをとめたのだろう。きっと長い長い年月、話し相手もなく待ちつづけ、ここらでやすらかな休息にはいりたかったのだろう」

みなは頭をさげた。おごそかな空気があたりにただよった。いまここで、ひとつの文明の引きつぎが行なわれたのだ。

ノブオも、お父さんも、ミキ隊員も、だまって立ちつづけるだけだった。だれもなにも言わなかったが、心のなかで思っていることは、おたがいによくわかっていた。ゆずられた文明によって、地球人はもっとすばらしくなるのだ。しかし、それと同時に、宇宙についての大きな責任も受けついだのだ。うまくやっていけるだろうか。うまくやらなければいけないのだ。

ペロだけが、そばで楽しそうにほえていた。

宇宙《うちゅう》の声《こえ》

星《ほし》 新一《しんいち》

昭和51年 11月10日　初版発行
平成18年 6月25日　改版初版発行
令和2年 7月25日　改版23版発行

発行者●郡司 聡

発行●株式会社KADOKAWA
〒102-8177　東京都千代田区富士見2-13-3
電話　0570-002-301(ナビダイヤル)

角川文庫 14285

印刷所●株式会社KADOKAWA
製本所●株式会社KADOKAWA

表紙画●和田三造

ISBN978-4-04-130320-7　C0193

◆◇◇

角川文庫発刊に際して

角川源義

第二次世界大戦の敗北は、軍事力の敗北であった以上に、私たちの若い文化力の敗退であった。私たちの文化が戦争に対して如何に無力であり、単なるあだ花に過ぎなかったかを、私たちは身を以て体験し痛感した。西洋近代文化の摂取にとって、明治以後八十年の歳月は決して短かすぎたとは言えない。にもかかわらず、近代文化の伝統を確立し、自由な批判と柔軟な良識に富む文化層として自らを形成することに私たちは失敗して来た。そしてこれは、各層への文化の普及滲透を任務とする出版人の責任でもあった。

一九四五年以来、私たちは再び振出しに戻り、第一歩から踏み出すことを余儀なくされた。これは大きな不幸ではあるが、反面、これまでの混沌・未熟・歪曲の中にあった我が国の文化に秩序と確たる基礎を齎らすためには絶好の機会でもある。角川書店は、このような祖国の文化的危機にあたり、微力をも顧みず再建の礎石たるべき抱負と決意とをもって出発したが、ここに創立以来の念願を果すべく角川文庫を発刊する。これまで刊行されたあらゆる全集叢書文庫類の長所と短所とを検討し、古今東西の不朽の典籍を、良心的編集のもとに、廉価に、そして書架にふさわしい美本として、多くのひとびとに提供しようとする。しかし私たちは徒らに百科全書的な知識のジレッタントを作ることを目的とせず、あくまで祖国の文化に秩序と再建への道を示し、この文庫を角川書店の栄ある事業として、今後永久に継続発展せしめ、学芸と教養との殿堂として大成せんことを期したい。多くの読書子の愛情ある忠言と支持とによって、この希望と抱負とを完遂せしめられんことを願う。

一九四九年五月三日

角川文庫ベストセラー

角川文庫ベストセラー